野いちご文庫

それでもキミが好きなんだ

SEA

STARTS
スターツ出版株式会社

CONTENTS

それでも
キミが好きなんだ
CHARACTERS

Natsuki Tatsumi

辰《たつ》巳《み》 夏《なつ》葵《き》

高2。強がりで自分の気持ちを素直に表現できないタイプ。約4年ぶりに咲都たちが住む街に戻ってきた。

立《たち》花《ばな》 咲《さき》都《と》

明るくて校内の人気者。幼なじみでもある夏葵を一途に思っていたけど、今は琴音に思いを寄せられていて…。

Sakito Tachibana

Kotone Yoshino

吉《よし》野《の》琴《こと》音《ね》

咲都を一途に思い続け、突然消えて戻ってきた夏葵を、よく思っていない。じつは咲都が原因でいじめられている。

Subaru

昴《すばる》

夏葵の義理の弟で、夏葵のよき相談相手。両親に頼まれて夏葵を連れ戻そうと祖父母の家にやってくるけど…。

Kengo Kawagishi

川《かわ》岸《ぎし》健《けん》吾《ご》

突然消えて戻ってきた夏葵に最初は腹を立てていたけれど、つねに冷静で優しく、何かと夏葵を助けてくれる。

君のことを一生好きでいることは、とても簡単なのに、君のことを嫌いになることは、一生かけてもできないほど難しい。

だって君と過ごした日々は、今も私の胸の中で宝石みたいに輝いているから……。

「……大好きだよっ、サキ。バイバイ」

この未完成の恋はいったいどこに向かい、どこに辿《たど》りつくのだろう。

Citrine《シトリン》

初恋・甘い思い出・友情

時間は戻らない。

だから、大切なんだ。

永遠なんてどこにもないのに。

あの時の私たちは疑うこともなく、根拠のない永遠を、信じていたんだ――。

中学一年の夏。

私たちから永遠が消えた年。


『夏葵《なつき》〜、おはよう。テスト勉強した？』

教室に入ると、朝練が終わった親友の琴音《ことね》が私の席に来て、話しかけてきた。

『ぼちぼち……』

『夏葵のぼちぼちは当てになんないよ』

琴音に返したつもりだったのに、いつの間にか近くに来ていた仲のいい健吾《けんご》まで会話に入ってきた。

だけど、これはいつものことでなんとも思わない。

『そんなこと言って、お前もいつも点数いいじゃねぇか』

私の隣の席から健吾に文句を言ったのは幼なじみのサキ……咲都《さきと》だ。

『そりゃあ、サキよりは点数いいよ』

『うわあ、勉強だけがすべてじゃねぇもん』
サキは返す言葉が見つからなかったのか口をピュッと尖《とが》らせて拗ね始めた。
『そんな拗ねんなって、咲都』
『咲都は運動ができるじゃん』
琴音と健吾がサキのことを慰め始めたけど、私はそんなことはしない。
だって、そんなことしたらサキは調子に乗るから。
『お前らは優しいなあ。どっかの誰かとは違って』
『みんなサキを甘やかしすぎたらダメだよ』
『お前はおかんかっ！』
そう言いながら、私の頭をペシッと叩《たた》くサキ。
『いたっ！　何すんのよ』
『あ、手が滑った』
む、ムカつく……！
私もサキの頭を軽く叩くと、サキは何も言わずに私のほうを見てきた。
『蚊《か》がいたよ』
そんなサキのことなんて気にも留めずに嘘《うそ》をついた。
『嘘つくな！　なあ、俺の頭に蚊なんていなかったよな⁉』

肩を揺らしてクスクスと笑っている二人に尋ねるサキ。

『さあ？　ちょっと見てなかった』

『どーだろうね』

二人に求めていた返事をもらえず、再び私を睨《にら》んでくる。

『刺されなくてよかったじゃん』

『うぜえ〜。みんな敵だあ〜』

はあ〜とため息をこぼしながら机に顔を伏せたサキ。

そんなサキを見て、三人でほほ笑み合う。

拗ねてるサキって、なんかかわいいんだよね。

『ごめんって、サキ』

だけど、さすがにかわいそうになってきたから、サキの肩をグラングランと揺らしながら謝る。

『蚊なんてついてなかった』

『そーそー。だからそんな拗ねんなって』

何度、揺らしてもサキは体を起こそうとはしない。

『ねえ、サキ？　そろそろ起きてよ。みんなで一緒にテスト前最後の勉強しよう？』

そう言いながら、今度は優しく撫《な》でる。

サラサラで柔らかい髪の毛。
胸の中に淡いピンク色の感情が湧《わ》き上がってくる。
『ん。する』
すると、サキがむくっと体を起こしてそう言った。
『ほんとお前って単純だよな』
その言葉に、健吾がケタケタと笑っている。
サキが単細胞ですごく単純な奴《やつ》だなんて、ずっと前からわかってたことじゃん。
『うるせえ』
『ほら、また咲都が拗ねちゃうから勉強しよう』
琴音の言葉に、それぞれワークやノートをスクールバッグから取り出して見始めた。
『あ、そうだ。テストで数学勝負しようよ』
少しして、琴音が思いついたように言った。
『それ、俺が負けんじゃん』
琴音の言葉にすかさずサキがツッコむ。
たしかにこの中じゃ、サキが一番おバカだもんね。
『大丈夫！　咲都にはハンデで三十点あげるから』
ハンデで三十点も!?

でも、サキのことだからそれくらいあげないとダメか。

『俺、勝っちゃうよ？　つーか、それで勝ってもうれしくねぇんだけど』

『いや、安心して。咲都が勝つことはないだろうから』

『え⁉　健吾、ひどくね⁉』

『ほんとのことじゃん』

『てめぇ～』

サキが後ろから健吾の頭を肘《ひじ》でグリグリと押している。

『いてぇよ』

そう言いながらも二人は楽しそうに笑っている。

こう見ると、中学生の男の子ってまだまだガキだなあ、と思ってしまう。

でも、急に大人っぽくなる時があるから困る。

『男子って子どもだね』

『ほんとにね。いつまでこんなことやってるんだろう』

琴音と一緒に呆《あき》れながらも、楽しそうに笑っているサキと健吾につられて私たちまで声を出して笑ってしまう。

大好きな人たちと笑い合って、ふざけ合って……ずっと、ずっとこんな日々が続けばいいのに。

『あの二人なら、ずっとやってそうだけどね』

『わかる！　あー、みんなどんな高校生になるんだろう』

琴音は今よりもっと女の子らしくなって、男の子を虜《とりこ》にしちゃうくらいかわいくなるんだろうな。

健吾は今よりももっと大人っぽさが増して、でも優しいところは変わらないんだろうな。

サキは……どんなふうに成長するのかな？

きっと、今よりももっとカッコよくなって女の子からモテモテで……それでもサキはサキのまま、おバカだけど意外と繊細で誰よりも優しいところは変わらないんだろうな。

なんて、頭の中で妄想を繰り広げる。

でも、みんなが笑い合っている未来に私はもういない。

だから、今この時をこの目に焼きつけておこう。

『みんな変わらないんじゃない？』

『だよね。私もそう思う』

『ずっと、みんなでこうして笑い合っていたいね』

琴音の優しく柔らかい声に、私はただ黙って頷《うなず》くことしかできなかった。

それからチャイムが鳴り、みんな自分の席に戻った。

私とサキは席が前後で、後ろにサキがいると思うと正直そわそわしてしまう。

そんな時、背中をツンツンと突かれ後ろを振り返ると、そこにはキラキラと眩《まぶ》しい笑顔を浮かべたサキがいた。

『テスト、頑張ろうな』

たったそれだけ言うと、そっぽを向いてしまった。

『サキもね』

突然のことに鼓動が激しくなり始めたから、そう言い返すのが精一杯だった。

たった一言だけなのに一〇〇点が取れそうな気がするよ。


『今日も行く?』

『行っちゃいますかっ!』

テストが終わって私とサキは校門を出ると、すぐに顔を見合わせて声をかけ合う。

外の気温は陽射《ひざ》しがアスファルトから照り返し、ジリジリと肌が焼けるように暑い。

この数日、私たちを苦しめていたテストも終わり、いよいよ夏の始まりだ。

私とサキは近くの駄菓子屋でラムネを買ってから、いつものようにある場所に向かっていた。

春には桜がたくさん咲いて、あたりをピンクに染めるまっすぐな並木道を、彼が漕《こ》ぐ自転車の後ろに乗って通り抜ける。

『ひゃあーっ！　もう地獄のテストも終わったし、解放感ハンパない‼』

白いワイシャツをぎゅっと掴《つか》んで、もう片方の手を空に向かって持ち上げる。

『だな。はぁー……マジ頑張ったわ』

『よくそんなこと言えるよね～。テストがあるっていうのに、毎日迷惑電話してきてたくせに』

優しい風が私たちの髪をゆらゆらと揺らし、頬《ほお》を撫でる。

『迷惑電話って言うなよ！』

『はいはい～』

『つーか、そんなとこ掴んでると落っこちんぞ』

サキが、私の手を自分の腰のほうに回してきた。

そのせいで、先ほどまでの距離はなくなり体が密着する。

な、な、何……⁉　いつもはこんなことしないくせに。

鼓動が速いの気づかれていないかな？

『だ、大丈夫だってば！』

『いいからこーしてろ。離したら、アイス奢《おご》りな』

『はぁ⁉　無理！』

『だったら大人しく言うこと聞いとけ』

意地悪……。

でも、こういう優しいところが好きだよ。

昔からガキ大将みたいにデカい態度で仁王立ちして、最初は大嫌いで近づきたくもなかった。だけど、ここは田舎町で人も少ないから話す機会も増えてしまって、気づいたら誰よりも仲のいい友達になっていた。

意地悪で態度はデカいくせに、本当は心は繊細で誰より脆《もろ》いんだ。

涙もろいし、困っている人がいたら放っておけないし……私の変化にいち早く気づいてくれる。

そんな君も、ひとつだけ知らないことがあるんだよ。

私はね、ずっーと幼なじみのように育ってきた君――サキのことが好きなんだ。

『はいよ』

『お前、太った？』

せっかく人がいい気分になっているというのに、この男はそんなのお構いなしに涼しい顔をして失礼なことを投げかけてくる。

しかも、体型のこと……。

ちょっと気にしているのに……。

『は？　マジ自転車から突き落とすよ？』

『うわぁ、怖い怖い。お前ならマジでしそー』

『そこまで鬼じゃないし』

『ふはっ……んなの知ってるっつーの。しかも、太ったなんて嘘だから、気にすんなよー』

まったく、調子のいい奴。

だけど、その言葉に安心してしまった自分が、じつは一番単純で調子のいい奴なんだろうなぁ。

『つーか、もっと太れ。お前は痩《や》せすぎ、そのうちガイコツになんぞ』

ぷっ……ガイコツって。

せめて、ミイラとかにしてよ。

本当にサキといる時は何も考えなくていいから、ラクで心の底から笑っていられる。

どんなに辛くても、現実から目を逸《そ》らしたいと思うことがあっても、サキの隣ではいつだって笑っていられたんだ。

『んじゃあ、私がガイコツにならないようにアイス奢ってね』

『あっ、俺……財布に五十円しか入ってねーわ。悪い悪い、奢ってやりたかったんだけどなー』
わざとらしく言うサキの嘘はわかりやすい。
はぁ、本当に昔から嘘つくのが下手だ。
『はい、嘘ついたからアイスにプラスしてラムネもね』
『はぁ⁉ 俺の小遣い、なくなるだろ⁉ 鬼だ！』
『え？ アイス二個とラムネにしてほしい？』
『はい、すみませんでした。許してください』
『ふっ……ほんとサキってバカだよね』
奢ってもらおうなんて最初から思ってないよ。
……このままずっと同じ時を過ごすことができたら、どれだけよかっただろう。
『はいはい。バカで悪かったな』
『拗ねないでよ～』
『あーあ、もう俺、拗ねちゃったもんねっ』
『ほーら、よしよしよしっ！』
後ろからサキの頭を、わしゃわしゃと豪快に撫でる。
そのせいで、サキの髪型はボサボサに崩れた。
サラサラで触り心地のいいキレイな黒髪が風で揺れている。

『おい、やめろよっ！　髪型が崩れるだろ！』

『いいじゃん。最初からたいして整っているわけじゃないんだから』

セットしていなくてもどんなにボサボサでも、サキが誰よりカッコいいよ。

なんて思っていることは、心に秘めておこう。

『うるせぇ』

『あっ、ほらついたよ』

私とサキしか知らない秘密の場所。

小さな波がキラキラと初夏の太陽を照り返し、どこまでも青く、太陽の光を受けて澄み渡るような青色をしている。

海だけど、かなり狭い道の奥にあるから車で来るには少し困難な場所だし、わざわざここまで足を運ぶ人はいないから、私にとってもサキにとっても特別な場所なんだ。

夜になれば、満天の星が空を美しく飾る。

『んじゃあ、行くか』

自転車を近くに停《と》めて、二人で堤防の隅にちょこん、と座り、どこまでも広がる青を目に焼きつける。

この場所は私たちがまだ小学校低学年のころ、ちょっとした冒険をしていた時に見つけたのだ。

『はぁー、ここはいつ来ても気持ちいいね』

『そうだな』

『あー、早く海に入りたいなあ』

『だなー。俺、暑くて溶けそう。ほら、テストも終わったことだし乾杯しよーぜ』

サキは私に優しい笑顔を向けた。

その笑顔にトクンと胸が大きく高鳴る。

その笑顔に応《こた》えるように私もサキと同じように笑みを浮かべる。そして、袋から途中で買った二本ラムネを取り出し、サキに手渡す。

私たちはほぼ同時に玉押しでビー玉を上から強く押し込むと、しゅわ～というさわやかな音とともにコロン、とビー玉が下に落ちた。

『カンパーイ』

『お疲れ様ー！』

ラムネの瓶で乾杯するとカラン、というかわいらしい音を奏でた。

すぐに、ぐいっ、とサイダーを飲むと、喉《のど》がひんやりと冷たくなる。それがたまらなくおいしい。

『はー、うま！』

『夏のラムネは最高！』

空を見上げれば、どこまでも続く水色の空に白いペンキで雑に塗りつけられたような雲が広がっている。

はぁ、いい天気だ。

私たちは他愛もない会話をしながら、少しずつ自分のラムネを飲んでいく。

そんな私たちを、青い海は優しく波打ちながら見守ってくれている。

『なぁ、俺らさ……大人になっても、こうやってバカやってられんのかな』

ぽつり、とサキが弱々しい言葉をこぼした。

もしかしたら、サキは気づいているのかもしれない。

もうすぐ、私がサキの前からいなくなることを。誰よりも人の心に敏感だから。

だけどね、私だってバカじゃない。

本当のことを言って、サキを傷つけることはしたくない。

サヨナラさえ言わずに行ってしまう私を許して。

『なに辛気臭いこと言ってんの？　私とサキはこの先、何も変わんないよ』

ごめんね、嘘をついて。怖くて、本当のことが言えなかったんだ。

今までサキと過ごしてきた日々が消えてしまいそうで……。それに、優しいサキのことだから、私がこの街から出ていくことを知ったら、きっと心配するから。

最後まで私たちらしくいたかったんだ。

それに……もし出ていくことを話してサキに行くことを止められてしまったら、私はきっとここに残りたくなる。

だから、だから……言えない。

ごめんね、サキ。

『だよな。俺もずっとナツといたい』

あぁ……。そんなことを言われたら、期待しちゃうしサヨナラがますます嫌になるじゃないか。

だけどね、ちょっとだけサキが私のことを特別に思ってくれているんじゃないかって思っているんだ。

泣きそうになるのを必死に我慢して、澄み渡る海をジッと見つめる。

『当ったり前じゃん』

ずっと、ずっと一緒にいられると思っていた。

私たちの世界は、誰にも奪われないと思っていた。

何も疑うことなく、本気で、そう思っていたんだ。

だけどそれは、まだまだ子どもの中学生の夢見がちな思いにすぎなかった。

私たちには、どうすることもできなかった。

大人の後ろを黙ってついていくことしか選択肢がなかったんだ。

青く澄み渡る空の下で、私は君を想った。
雨が降る日も太陽が照りつける日も、いつだって君を想っていた。
辛い時、涙がこぼれ落ちそうな時、うれしい時、楽しい時、怒っている時だって。
桜が満開に咲いて、地面がピンクに染まる春。
セミが声を上げ、ひまわりが花を咲かせる夏。
もみじがオレンジ色に色づき、キンモクセイの香りが漂ってくる秋。
雪がはらはらと舞い落ち、寒さが増す冬。
君と過ごした春夏秋冬の思い出は、この胸にそっと刻んでおくから。
『あのさ、ナツ』
サキが私の目をまっすぐ見つめて言った。
『ん？　どうしたの？』
『明日、大事な話があるんだ。だからここに来てほしい』
大事な話ってなんだろう……。
サキの真剣な表情から、本当に大切な話なんだろうと予想できる。
『……わかった』
『約束な』
私の言葉に、安心したように眩しい笑顔を向けるサキ。そして、サキは私から視線を逸らすと、呟《つぶや》くような口調で集合時間を告げた。

いつもならその笑顔を見ると幸せな気持ちでいっぱいになるはずなのに、今は切ないほど胸が苦しい。

『今日は星を見てから帰ろうぜ』

『そうだね』

この日に見た満天の星がきらめく夜空は、今まで見てきた中で一番キレイで、こぼれ落ちそうな涙を必死で堪えた。

私は君と見た景色や君がくれた言葉を、一生忘れることはない。

ごめんね、サキ。私はその約束を守れない。

君を傷つけて消えていく私をどうか許してください。

ずっと、ずっと大好きだよ。

——バイバイ、サキ。

Malachite《マラカイト》

再会・恋の成就

「なっちゃん。よく来てくれたね。ちょっと見ない間に、べっぴんさんになったね」

うれしそうに優しくほほ笑みながら、おばあちゃんが私の体をぎゅっと力強く抱きしめた。

約四年ぶりに訪れたこの海辺の街は昔と変わらず自然豊かで、都会にある重い空気なんてどこにもなく、息を吸って吐けば少し心が軽くなった気がした。

「みんな、なっちゃんの帰りを待ってたんだよ」

おばあちゃんの話を聞いていると、都会で疲れた私の心を気づかってそっと癒《いや》して優しく寄り添ってくれているような、そんな気持ちになった。

私が友達には何も言わずにこの街から姿を消したことはもちろん、私の東京での事情を知っているから、気をつかって言ってくれているだけかもしれない。

「……ありがとう」

だけど、そんなことを思ってしまっていることに気づかれたくないから、私は何もないようなフリをしながらお礼を口にして笑った。

「なっちゃんがこっちに戻ってきてくれて、ばあちゃんすごくうれしいよ」

おばあちゃんはとても優しくて、私の頭を撫でている年齢を感じさせるシワシワの手も、昔と何も変わっていなかった。

あぁ、やっと……やっと帰ってこれたんだ。

そう実感させるに十分だった。

「ほら、早く家に行こ。じいちゃんも楽しみに待ってるから」

その言葉にコクリと頷きながら荷物の入ったキャリーケースをゴロゴロと音を立てながら引き、おばあちゃんの後ろをついていく。

一枚の葉がひらひらと舞いながら地に落ちているのが視界に入り、思わず足を止めていくつもの桜の木を見上げた。

この桜並木の道……そっと目を閉じて、何千回も彼と歩いたことを思い出した。

『マジ今日はついてねー』

『自転車パンクして徒歩で通学してくるとかバカすぎ』

『仕方ねぇだろ。ハプニングだったんだから。つーか、毎日毎日ブタみたいなお前を後ろに乗せてるからパンクしたんじゃね？』

『はぁ!? あんたが日ごろからタイヤの空気が減ってないか見てないからでしょ！人のせいにすんな！』

『そんな毎日確認なんてしてられねぇよ』

『はー、本当にめんどくさがり屋だよね』

『ナツも人のこと言えねぇからな』

『うるさい』

『ちょ、頭に桜の花びらついてる』

そう言って彼は私の頭に手を伸ばし、薄紅色のかわいくて小さな花びらを取ってくれたんだ。

『ありがと』

『ん。それにしても今年もキレイに咲いたよな』

満開の桜を見つめている彼の横顔は思わず見とれてしまいそうなほどキレイで、私の胸はうるさいくらいに高鳴った。

何気ない会話でさえ愛《いと》しく思えて、彼は私の青春、そのものだったんだ。

「……ちゃん……なっちゃん？」

おばあちゃんに名前を呼ばれてハッと我に返った。

ダメだ。この街には思い出が多すぎる。

どこを歩いたって彼の面影を探してしまう。

「ごめん、考え事してた」

「そう……」

おばあちゃんはぎこちなく笑うと再び歩き始めた。

また、会えるのかな？

でも、会ったとしても私のことを覚えているかな？

それ以前に私は彼と会ってどうしたいの？

ここを出る前みたいな関係に戻りたいの？

違う。もう昔みたいには戻れない。

四年近くもたてば人は変わってしまう。

何も言わずに出ていった私のことなんて彼は許してくれないだろう。

それに会えてもきっと彼を傷つけてしまう。

しばらく歩くと、懐かしい昔ながらの一軒家の前についた。

よくここに来ては彼と、最後にはクスッと笑えてしまうようなくだらない言い合いを繰り返していたなぁ。

あのころは本当に毎日が楽しくて仕方なかった。

「なっちゃん、待ってたよ。さあ、中に入って」

玄関に入るなり、おじいちゃんがニコニコと笑顔を浮かべながら小走りでこちらに向かってきた。

おばあちゃん家の匂いが鼻をくすぐる。

この匂い……大好きだったんだよね。

まるで魔法にかけられているかのように、不思議なくらい心が落ちつくから。

「……お邪魔します」

「そんな他人行儀みたいにしないで。これからは家族として過ごしていくんだから」

……家族、か。

おばあちゃんとおじいちゃんは、どうしてこんな私を快く笑顔で受け入れてくれたのかな。

「……ありがとう」

それから、私がこれから使ってもいい部屋まで案内してもらい、荷物を適当な場所に置いた。

いつまでかわからないけど、今日から私は、ここで暮らしていくんだ。

「なっちゃん、ご飯まで時間もあるし、気分転換に散歩してきたらどう？」

そばにいたおばあちゃんが、気をつかってくれたのか提案をしてくれた。

その気づかいを無駄にしてはいけないと思ったので、私はコクンと頷く。

「気をつけてね。いってらっしゃい」

私は何も言わず、ただ手を振って家から出た。

さてと、どこに行こうかな。

とくに行くあてもなくて、ぶらぶらと力なく歩く。

この街を出ていった時とほとんど同じ景色。

右、左、どこを見渡しても緑が視界に入るほど、ここは自然豊かな場所だ。

変わったのは私だけだ。

「……ナツ？」

ふと後ろから聞き覚えのある懐かしい声が耳に届いて、無意識にトクンと胸が高鳴ってしまった。

振り向いちゃいけない……っ。

ここで振り向いたら、またあの時の気持ちが蘇《よみがえ》ってきてしまうから。

「……なぁ、ナツなんだろ？」

私は思わず声の主から逃げようと足を一歩前に出して走り去ろうとしたけれど、すぐに腕をがしっと掴まれてしまった。

そして、肩を持たれてクルリッと体を回転させられ、ずっと見つめられたかったアーモンド型の瞳《ひとみ》と視線が絡み合った。

……ちょっと大人っぽくなったんじゃない？

なんて言葉は、のみ込む。

黒髪だった髪の毛も今じゃ茶色く染まっている。

チャラチャラしちゃって。

私がいない間にずいぶんと色気づいたね。

ずっと、ずっと、会いたかったよ。

だけどね、心のどこかで会いたくないと思っていた。

言葉は発さずにブンブンと首を左右に振れば彼は一瞬切なげに顔を歪《ゆが》ませ、そのまま私をぎゅっと抱きしめた。

久しぶりに感じる彼の匂いに安堵《あんど》してしまい、思わず涙がこぼれ落ちそうになるけど必死にこらえる。

ダメ……泣いちゃダメ。

「嘘つくなよ……。俺がナツを見間違うわけねぇだろ」

何よそれ。

どこからそんな自信が湧いてくるのやら。

「……」

「ナツ、俺の目を見ろ」

落としていた視線を無理やり上げられ、再び、澄んだ瞳と視線がぶつかり合う。

本当にキレイな顔してるよね。羨《うらや》ましい。

昔からよくモテてたけど、きっと今だってそれは健在なんだろうな。

「俺はずっと待ってたよ。お前が戻ってくるの」

優しく目を細めて笑いながら目の前の彼が言う。

そんなに優しい顔して言わないで。

待っててくれなくてよかったのに。

やっぱり、私は君に会いたくなかったよ。

だって、こんなにも愛おしい気持ちが溢《あふ》れ出してきてしまうんだから。

こうなることがわかっていたから会いたくなかった。

「……ほんとあんたって昔から思い込み激しいよね。私はあんたに会いたくて戻ってきたんじゃないし……」

「……ナツ？」

そんな悲しそうな顔しないで。

なんて、言えるわけがない。

そんな顔をさせてしまっているのは私自身なのだから。

「それにここで過ごしたことなんて全部忘れたから」

「っ……」

そう、全部忘れた……。

どこかに捨ててきたんだよ。

「ナツ、お前どうしたんだよ。向こうで何かあったのか？」

どうして、どうして？

本当は傷ついているくせに、どうして私の前では平気なフリをしているの？　なんで……なんで、久々に会っていきなりひどいことを言った私のことを心配してくれるの？

「……別にあんたに話すことはない。私、荷解きとかあるからもう帰る」

「おいっ……！　ちょっと待てよ！」

私は隙《すき》を見て彼の腕の中から逃げ出すと、全速力でおばあちゃんの家まで走った。

家に帰って自分の部屋に入ると、ヘナヘナと扉にもたれかかりながら座り込む。

走って逃げてきたから、まだ息が上がっていて呼吸がしづらい。

それは彼に会ったからなのか、ただ走って酸素を使いすぎたからなのかはわからないけど、私の胸の鼓動はドキドキと速まったままだった。

抱きしめられた時の、腕の感覚や胸元のほどよい筋肉……。

変態みたいだけど、全身の血が沸騰したかのように熱くなってしまうほど、彼にドキドキしてしまった。

「なっちゃん、入るよ」

おばあちゃんがトントン、と部屋の扉をノックして入ってきた。

「どうしたの？」

「……咲都くんと会った？」

おばあちゃんの口から出てきた名前に、再びトクンと大きく胸が高鳴った。同時に、気まずさも感じる。

ついさっき会ったばかりだけど、ひどいことを言って走って逃げてきたんだもん。

無言で頷くと、おばあちゃんは「そう。一番なっちゃんのことを心配してたのは咲都くんなのよ」と言った。

「……でも」

「なっちゃんの好きなようにしたらいいよ。ここにはなっちゃんを邪魔する人なんてどこにもいないから」

私の心を覗《のぞ》いているのかと疑いたくなるほど、おばあちゃんの言葉は私が心の中で思っていたことと当たっていた。

「ばあちゃんとじいちゃんは、またなっちゃんと暮らせてうれしいよ。都会で疲れた心をここでゆっくり休ませなさい」

ふわっ、とほほ笑んだおばあちゃん。

ここが私の新しい居場所？

しばらくこの街にいたら、昔の素直で無邪気だった自分に戻れるのかな？

もっと、自分に自信を持つことができるのかな？

そんな疑問をいだきつつも、私はおばあちゃんに笑顔を向けた。

「ありがとう」

「いいんだよ。咲都くんともまた仲よくしてあげてね」

「……」

返事をしない私を見て、おばあちゃんは今度は悲しそうに笑った。

「言ったら怒られちゃうかもしれないけど、咲都くん、なっちゃんが戻ってきてないか確かめに、毎日のようにここへ来てたんだよ」

「……っ」

わかっていた。

お調子者だけど、正義感が強くて誰よりも心が脆くて……。

──世界で一番、優しさに満ち溢れた人だってこと。

そんなサキだから……。大好きだったから……。

サヨナラが言えなかった。

「だからせめて……前みたいに仲よくしてね。なっちゃんが帰ってきて、うれしがってるだろうから」

「……もう仲よくできないよ」

「どうして?」

「だってもう四年近くもたってるんだよ？　何も言わずに出ていった私のことを許してくれるはずないよ」

「そりゃあ、四年近くの間会ってないかもしれないけど、たった四年じゃないか。小さいころから一緒にいた咲都くんとなっちゃんは数年で壊れる仲じゃないと、ばあちゃんは勝手に思ってるよ」

　おばあちゃんの強いまなざしに見つめられると、ちゃんと現実と向き合わなくてはいけないと改めて思った。

「……うん」

「ご飯できたら呼ぶからゆっくりしとき」

　そう言うと、おばあちゃんは部屋から出ていった。

　逃げてばかり。

　私はとてつもなく弱くて、嘘つきな人間だ。

　何か嫌なことがあればすぐに逃げ道を探し、作り、そこに逃げて身を隠し、生きる。

　今さら、強くなんてなれないよ。

「……サキ……」

　君の名前を口にすると、胸の中に熱い何かが込み上げてきて、それはすぐに涙へと変わり、久しぶりに頬を濡《ぬ》らした。

ごめんね、サキ。何も言わずに離れちゃって。

きっと、たくさん君を傷つけてしまったと思う。許してくれないと思う。

だからこそ、今さら昔のように接することなんてできないんだ。

「……サキっ……サキっ」

何度も、何度も大好きな彼の名前を呼ぶ。

もう二度と呼べないと思っていた名前。

溢れ出すこの気持ちを君に伝える資格なんて私にはない。

お願い、君だけは何も知らないで。私のことも、もう知ろうとはしないで。

そう思うのに、心のどこかでサキの彼女になれたらいいのに……とか、もっと私のことを知ってほしいなんて思っている。

矛盾だらけの心。凍りついて溶けることのない心。

自分では、どうすることもできない。

私はこの街に戻ってきてよかったのだろうか。

また、君を、みんなを苦しめるんじゃないかな?

どちらにせよ、もう私とサキは、昔みたいな関係には戻れないんだ。

Alexandrite《アレクサンドライト》

秘めた思い

――ピーンポーン。

次の日の朝、家のインターフォンが鳴った。

おばあちゃんかおじいちゃんのどちらかが出てくれるだろうなんて甘く考えていたけど、二人は手が離せないのか誰も出ない。

……私が出るしかないか。

重い腰を上げて玄関へ向かう。

「……はい」

ガラガラッと扉を開けて視界に飛び込んできた人の姿を見て、私は反射的に開けた扉を再び閉じた。

「ちょ、おい！　俺の顔を見て閉めることないだろ！」

そう、扉の向こうにいたのは……会いたくないサキだった。

いや、内心は会いたかった。

でもすぐに、その思いを打ち消す。

なんでまた来るわけ？

私は昨日、あんなにひどいこと言ったのに。

胸が痛むのを必死に我慢して無理やり突き放したのに、これじゃ意味ないじゃん。

「か、帰って！」

「いやー、それは無理だわ」

「あ、あんたの顔なんて見たくない！」

話し方も昔と何も変わっていない。

そんなことに懐かしさを覚える。

「お前、勘違いしてね？　俺、回覧板を渡しに来ただけなんですけどー」

えっ……回覧板……!?

てっきり私に会いに来たのかと……！

すごく恥ずかしいんだけど！

そんなのもっと早く言ってよ！　ややこしい！

「そ、それならもっと早く言ってくれないかな？」

そう言いながら扉を少しだけ開けて腕を外に伸ばす。

だけど、サキはなかなか回覧板を私に渡してくれない。

「……顔が見てぇな」

「えっ？」

「俺、ナツの顔が見たい」

な、なに言ってるの？

そんなに迷いなく言われると、嘘でも戸惑ってしまうよ。

するとそと、サキは戸をガラッと開けて私の手を掴むと外へ引っ張った。

「な、何するの……!?」

「何って顔が見たいって言ったじゃん」

そう言って私に回覧板を「はい」と手渡す。

視線を合わせないように受け取って家の中に入ろうとしたら、サキは再び私の腕を掴んで引き止めた。

「ほんとに……俺……。ずっとナツに会いたかった」

弱々しい、今にも消えてしまいそうなほどの声音で、だけど真剣な瞳からは、彼の思いの強さを表しているのがわかる。

……私も、死ぬほど会いたかったよ。

「……」

なんて、言えるわけがない。

「だから、今こうしてナツに会えてすげーうれしい」

「……っ、わ、私はうれしくない!」

だから、私はまた嘘をつく。

本当は、うれしいくせに……。

東京にいる間も、ずっと忘れたことのなかった人。

ずっと会いたいと願っていた人。

そんな人に会えてうれしくないわけがない。

「うん、いいよそれでも。でもせめて、連絡先ぐらい交換しよーぜ」

サキは嘘ばっかり。

本当は、私の言葉に傷ついているのに笑っている。

いつからそんなふうに、嘘をつくのがうまくなったの？

でも、ずっと一緒にいた私のことは騙《だま》せないよ。

「……嫌だ」

「スマホ貸して」

そう言うと、ポケットに入れていた私のスマホを勝手に取り出し、私と自分のスマホを操作し始める。

「はい、これで完了。また連絡するわ」

そして、そう言いながら私のポケットにスマホを入れると、走って帰っていった。

だけど、私は気づいてたよ。

連絡先を交換した時、サキの顔が一瞬、悲しみに染まったことに。

そりゃあ、そうだよね。

私のアイコンがサキの知らない男の子とのプリクラなんだもん。

これは私の彼氏だ。

でも、もう終わっている。

だって、私が引きこもるようになってから連絡もないし、私も何も言わずに東京から逃げてしまったのだから。

引きこもっていてスマホを使っていなかったから、アイコンを変えるのを忘れていただけ。

しかも、私たちは別に愛し合っていたわけではない。

彼はわからないけれど、少なくとも私は彼のことが好きではなかった。

これは都会に置いてきた、苦い思い出のひとつ。

私は、この街を去った時よりもはるかに大きく、たくましくなった彼の背中をジッと見つめながら、爪《つめ》が食い込んで痛くなるほど強く、ぎゅっと拳《こぶし》を握りしめた。

「サキ……ごめんね」

そして、直接言うことができない謝罪の言葉を口にした……。


翌朝。

「いってらっしゃい。気をつけてね」

「道に迷ったら、すぐに電話するんだよ」

「うん、行ってきます」

笑顔で見送ってくれる、おばあちゃんとおじいちゃん。

そんな二人の優しさを噛《か》みしめながら笑顔を向ける。

今日から高校に通うことになっている。

おろしたての制服に袖《そで》を通すと自然と心も前を向く。

ここは田舎町だから高校の数は少なくて、ほとんどが顔見知りだというケースも少なくはない。

だからなのか、私もサキと同じ学校らしい。さらに、健吾や琴音とも。

……そんなことより、もしかして迷った？

おばあちゃんとおじいちゃんから場所は聞いていたのに、なんだか違う道に入ってしまったようだ。

どうしよう……。初日は少し早めに行って職員室に顔を出さないといけないのに、このままだと遅刻になってしまう。

「おはよ、ナツ」

「……え？」

ポンッと肩を叩かれて後ろを向くと、そこには朝から眩しすぎる笑顔を浮かべるサキがいた。

「な、何」

「何って、お前と同じ学校だってばあちゃんから聞いたから」

「だからって、なんであんたがいるの？」

「どうせお前のことだから、学校の場所がわかんなくて迷子になりそうな気がしたから迎えに来てやった」

……なんでこの男は、私が困っていると現れるのだろう。

悔しい、こんなにも私の行動パターンを知られていることが。

離れて四年近くになるのに、やっぱり、サキは何ひとつ変わっていない。

私の知っているサキのままだ。

「ほら、行くぞ」

そう言うと、私の手を引いて歩き出す。

突然のことに心臓がバクバクし始め、体が痺《しび》れる。

どうしてこんなことになっているんだろう。

この人とは、もう関わらないようにしよう、と決めていたのに。

こんなふうにされると、その決意が簡単に壊されていくじゃないか……。

「あ、そーいえば今日の星座占いの一位は、おとめ座だったぞ。俺らのことだな」

昨日の気まずさなんてなかったかのように話すサキ。

星座占い……か。昔からサキはそういうのを信じるタイプだったっけ。

テレビで発表されるラッキーアイテムを身につけて、『これで俺にもいいことがある！』なんて小さな子どものように目を輝かせて言っていたのを思い出す。

私とサキは同じ誕生月。

しかも、一日違いなのだ。

昔はそんなことに本気で運命を感じていた。

それくらいサキが好きで、サキしか見えなかったから。……いや、今もサキしか見えていないけど……。

でも、今の私は運命なんて信じられなくなっていた。

「……ラッキーアイテムは、なんだったの？」

ぽつり、と漏《も》れ出た言葉。

サキのことだからちゃんと見ていると思う。

「え？　あー、ピンクの蛍光ペンだったよ」

「ちゃんと持ってきたの？」

「あぁ、ばっちりな。ほら、一本やるよ」

「え⁉」

サキは当たり前であるかのように、二本あるうちの一本のピンクの蛍光ペンを私に差し出す。

私は、言われるがままそれを受け取る。

ふたつ用意できそうなものは、サキがいつも用意して私に一日限定で貸してくれた。

まさか、またそんなふうにしてくれるなんて思ってもいなかった。

拒否することもできたのに、懐かしさとうれしさで思わず受け取ってしまった。

「あ、ありがとう」

「おう。これで俺たちもいいことあるな」

いつか見たサキの少年のように澄んだ瞳と今のサキの瞳はまったく同じだった。

いつまでたっても子どもだなぁ。

まあ、そんなところがサキらしいけどね。

「だといいね」

「まあ、俺はもうあったけどなー」

「え、早くない？」

あんなに嫌がっていたはずなのに、避けようと遠ざけようとしていたはずなのに、昨日とは打って変わって、自然と前と同じように話していた。

「だって、お前がここに戻ってきてくれたじゃん」

「……」

「それが俺にとっては何よりもいいことっつーか、うれしいことだな」

そんなに優しく笑わないで。

私を壊さないで。

そう思うのに心は正直で、トクン、トクンと鼓動が音を立て始める。

「何回も言うけど、私は別に――」

「それでもいいってば。俺が会いたかったのは事実だし」

どうして彼は、こんなにも優しさで溢れているんだろう。

どんなに突き放そうとしても簡単に私の隣に戻ってきて、私の心を惑わすように笑うんだ。

言葉を返すことができず、私はサキから借りたペンを強く握りしめた。

「あっ、ほらついたぞ」

そんな私の様子を知ってか知らずか、サキは年季の入った建物を指さして言った。

「ここなんだ」

私が新しい高校生活を送る場所。

この街を出て、そろそろ四年……きっと誰も私のことなんて覚えていないだろう。

なんか、緊張してドキドキしてきた。

「職員室まで案内するよ」

どこに何があるのかわからない私は、黙ってサキのあとをついていくことしかできなかった。

「んじゃあ、俺はここまで。教室で待ってるから」

それだけ言うと、颯爽《さっそう》と私の前からいなくなった。

……教室で待ってる、ね。

ということは私とサキは同じクラスなのかな？

まあ、ありえなくはないけど。

──コンコンッ。

ノックをして職員室に入ると、一斉に視線を向けられる。

ドクドクッと心臓が嫌な音を立てる。

そんなに、見ないで……。

「あ、あの……本日転入してきた辰巳《たつみ》です」

必死に声を振り絞って言うと、一人の男の先生が笑顔を浮かべながら私に近づいてきた。

「おー！　おはよう。俺は担任の杉川《すぎかわ》だ。よろしくな」

「こちらこそよろしくお願いします」

ぺこりとお辞儀をする。

先生の第一印象はさわやかで、優しそうだ。

とりあえず、怖そうな人じゃなくてよかった。

「辰巳のクラスは二年A組だ。ホームルームの時に中に入ってもらうから俺と一緒に行こう」

「あっ……はい」

「大丈夫だ。ここは優しい奴らばっかりだよ。知った顔もいるだろうし」

不安が顔に出ていたのか、先生が私を安心させるように優しく笑った。

「ありがとうございます……」

それから先生のあとについて二年A組のクラスに向かう。

サキは、いるのかな？

なんて、そんなことは私には関係ない。

「おはよう～、今日は転入生を紹介する」

先に先生が教室へと入っていく。

教室から聞こえてくる生徒たちの興奮の声に、私は落ちつかない気分になっていた。

こんな田舎町に引っ越してくる人なんてなかなかいないから、転入生が珍しいのだろう。しかも、絶対に期待外れだと思われる。だって、私は約四年前までこの街にいたのだから。

「辰巳〜入ってこい」

先生が廊下にいる私に手招きをしたので、一歩ずつ足を前に出して教室に入り、クラスメイトの前に立つ。

みんな、私のことを興味津々な目で見ている。

ぐるり、と教室を見渡せば右端に見慣れたサキの姿があり、彼は頬杖《ほおづえ》をつきながら優しい笑みを浮かべていた。

正直、知っている人は多いと思う。

だけど、みんな四年近くもたてば変わっていて、顔を見て今すぐ名前が出てくるような人は少なそうだ。

そのとき、一人の女子生徒に気がついた。

サキ同様、引っ越す前まで仲よくしてた吉野《よしの》琴音だ。

琴音も私に気づいたのか、目を大きく見開いて私を見ていた。

あと一人、私のことを驚いた瞳で見ている人がいた。

川岸《かわぎし》健吾だ。

健吾はサキと仲がよくて、私が越す前は四人でいることが多かった。

……懐かしいな。

でも、もうあのころには戻れないだろう。

だって、きっと琴音も健吾も怒っているはず。

何も言わずにこの街から出ていった私のことを……。

「た、辰巳夏葵です……よろしくお願いします」

そう言って深くお辞儀をすると、教室内から「わぁっ」と歓声と拍手が起こる。

「夏葵じゃん！　久しぶり！」

「中学以来だよね」

「めっちゃ久々じゃん！」

さらに、私のことを覚えていてくれた子たちが声をかけてくる。

健吾も見ると戸惑いながらも笑っていたけど、琴音の表情は曇ったままだった。

嫌われても仕方ない。

私は誰にも〝サヨナラ〟を言わずに突然姿を消したのだから。

サキはふわっと柔らかくほほ笑み、口パクで「おかえり」と言った。

たったそれだけのことなのに涙が出そうになった。

どうしてサキは突然姿を消して、たくさん傷つけた私を怒らないのだろう。

どうして昔と変わらない笑顔で接してくれるのかな。

「えーっと、辰巳は立花《たちばな》の隣だな。お前ら幼なじみらしいからな」

立花というのはサキのことだ。

いらない配慮だ……と思いながらも、仕方なくサキの隣の空いた席に腰をおろす。

「……ただいま」

先ほど口パクで『おかえり』と言ってくれたので一応返しておこうと思い、小さな声でそう呟いた。

まさか私がこんなことを言うなんて思っていなかったのか、サキは一瞬目を丸くして驚いていたけど、すぐに笑顔に戻る。

「やっぱり、ナツがいると落ちつくわ」

「……」

サキの言動は本当にストレートすぎる。

そんなこと言われたら、嘘でも舞い上がってしまいそうだ。

私が何も言えずにいると、ホームルームが終わってしまった。

「夏葵、久しぶりだな。驚いたよ」

そう言ってうれしそうに、でもどこか気まずそうに笑う健吾。

「久しぶり。ずいぶんカッコよくなったね」

もともと健吾の顔が整っていたのはわかっていたけど、まさかこんなにもカッコよく成長しているとは思っていなかった。

優しい雰囲気も健在だ。

「おい！　ナツ！　俺にはそんなこと言ってくれなかったじゃねぇか」

だって、会った時は心の準備ができていなかったし、すごく久しぶりに会った好きな人に正直に『相変わらずカッコいいね』なんて絶対に言えない。

「だ、だって……」

「咲都は夏葵に言ってもらえなくても、他に言ってくれる人がいっぱいいるんだからいいだろ」

え……？　いっぱい……？

でも、すぐに気づいた。

やっぱりサキはモテるのだ、ということに。

怖くて聞いていなかったけど、その中に彼女はいるのかな……。

もしいたら……。

自分は何も言わずにみんなの前から消えたくせに、考えれば考えるほど暗くなっていく。

チラッとサキを見ると、サキはムッとした様子だった。そして「そんな奴いねーし」とだけ言うと私に向かってほほ笑んだ。

その瞬間、ドキッと胸が高鳴る。

そっか……。彼女はいないんだ。

ホッとしつつも、すぐに自分には関係ないことだと頭を切り替える。

その時だった。

「咲都、今日も一緒に帰ろうよ」

琴音が突然現れたかと思ったら、サキの肩に手を置きながら、まるで私に見せつけるようにして言った。

「んー、いいけど……」

「やった！　どっか行こうよ」

うれしそうな琴音の笑顔、妙に近い距離。

チラッとサキを見ると、気まずそうにしているのがわかった。

だけど、琴音はそんなサキの様子に気づいていないのか、どんどん話を進めていき、さらには「ちょっと借りるね」と言って、サキをどこかに連れていってしまった。

その場に残された、健吾と私。

突然のことに、私の頭の中は真っ白。

どういうこと？

本当はサキには彼女がいて、それは琴音……なの⁉

すると、呆然としている私に健吾が声をかけてきた。

「あの二人、付き合ってるわけじゃないよ」

「え？」

一瞬、言葉の意味がわからずマヌケな声を漏らした私を見て、なぜか健吾はクスッと笑うと再び口を開く。

「ナツがいなくなってから、琴音はサキにベッタリなんだ」

「そ、そうなんだ……」

そっか……二人は付き合っていないのか。

よかった……。

私にはサキと琴音の恋愛事情に首を突っ込む資格なんてないのに、思わずホッとしてしまう。

「ベッタリすぎて、学校じゃ彼女だと思っている奴もいるくらいだよ。まぁ、サキもいろいろあって琴音には助けられてたみたいだし、まんざらでもないんじゃない？

でも、俺も詳しくは知らないけどね」

いろいろ……かぁ。

四年近くもたてば、そりゃいろいろあるよね。私だって……いろいろあった。

しかも、サキは琴音に助けられた？

私がいなくなってから二人の間に何があったか知らないけど、ひとつ言えるのは、今の琴音はサキが好きだってこと。

教室に入った時に琴音がいい顔をしていなかったのは、私がこの街に帰ってきたことをよく思わなかったのだろう。

琴音は私がサキのことを好きだったのを知っていた。

だから、私がサキを奪おうとするかもしれないと思ったのかもしれない。

健吾には、あえて詳しく聞こうと思わなかった。

だって、久々に会って話すことでもなければ、黙って逃げ出した私が聞けるわけない。そもそも、私も東京での話はしたくなかったから。

「でも……お似合いだね」

思わず口から出た言葉だった。そして、精一杯の作り笑顔を浮かべると、健吾は驚いたように私を見た。

『お似合い』だなんて思ってもないことをよく言えたもんだ。

たしかに琴音はかわいいし、サキもカッコいいから二人が付き合ったら美男美女カップルで、はたから見たらお似合いだと思うけど、私は最低だからサキの隣は私が一番似合うと思ってしまっている。

サキへの思いは封印しなきゃいけないのに、サキを見ているとどうしてもその気持ちがコントロールできなくなってしまう。

「ナツは……なんとも思わないの？」

思わないわけがない。

だって私はまだサキのことが好きなのだから。

離れていた約四年、一度も忘れたことはなくて、ずっと好きだった。

何度も忘れようとして彼氏を作ったこともあったけど、結局は無理ですぐに別れてしまった。

メッセージアプリのトップ画面の男の子はその中のうちの一人。

他校の男の子で、友達の友達という感じだった。

別に好きじゃなかった。ただ、このどうしようもない孤独を埋めてくれて、苦しさを紛らわしてくれる人が欲しかっただけ。

しょせん、名前だけの彼氏。

サキのことを忘れたくて付き合った人たち。

自分でも最低だと思う。

だけど、向こうにいた時の私は、相手のことなんて考える余裕がなかったんだ。

「……思ったところで何になるの？」

私がサキに好きになってほしいと思ったって、今さら遅い。

そんな都合のいい話があるわけないのだ。

「……」

「それに私、サキのこと好きじゃないから」

これでいい。

これでサキのことは自分の中で終わらせよう。

「夏葵……」

私を不安そうに見つめる健吾。

「え？　俺、ナツに嫌われるようなことなんかした？」

その声にハッとすると、いつの間にかサキと琴音が教室に戻ってきていた。

きょとん、としているサキ。だけど、その瞳はわずかに揺れていて動揺しているのが私にはわかる。

私は言葉を失い……何も言える状態じゃなかった。

こっちに戻ってきた昨日も言っていたことなんだから、私がショックを受けることなんてない。

なのに、なんだろう……。

胸がズキズキと痛む。

だって。今さら戻れるはずないってわかっていたのに、どうしてこんなに苦しいの。

切なく疼《うず》く胸の痛みを隠すかのように私は視線を足下に落とした。

サキを避けていたのだって、避けたくて避けたんじゃない。

怖かったんだ。

サキに拒絶されてしまうことが。

あれから四年近くがたっているんだ。

何も言わずに去っていった奴が、馴《な》れ馴れしく話しかけてきたら嫌でしょ？

だから、突き放したんだ。

自分を守るために。

その罰が当たったのかもしれない。

サキに知られたくないがために隠したことがあることも。

私たちのまわりに漂う気まずい空気を変えたのは、琴音だった。

「咲都、珍しく振られちゃったね」

冷やかすような口調だけど、琴音の気持ちを知ったからだろうか、どこかうれしそうにも聞こえる。

「う、うるせー！」

一方、サキは明るい声を上げて焦り始める。

それを見て健吾がクスクスと笑い出し、続いて琴音も笑う。

当たり前のことだけど、私がいなかった間に三人の結束は強まったみたいだね。

自分からみんなのことを捨てたのに、強烈な寂しさに駆られる。

すると、琴音が笑いをこらえながら口を開いた。

「とにかく、咲都はどこに行くかちゃんと考えといてよ！　せっかく今日は部活もないんだし！」

「もしかして……サキって、まだバスケしてるの？」

ふと私の口から漏れた疑問に、琴音が私のことをギッと睨む。

その目には、明らかに嫉妬が浮かんでいる。

「おう。まあ、楽しいからな」

「そうなんだ」

サキは昔から勉強はできないくせにスポーツだけは万能で、とくにバスケには力を入れていた。

小学校からバスケを始めて、中学でもバスケ部に入っていた。

本当に三年間続けたのか私にはわからないけど、高校でも入部しているということは中学でも三年間続けたんだろうな。

「ナツは？　してんの？」

サキにそんなことを聞いたのが間違いだった。

そんなことを聞いたら、自分も同じ質問をされるかもしれないことくらい頭に入れておくべきだった。

「……もう、してないよ」

「へえ。お前うまかったのにな」

本当はうまいって思ってくれていたんだ。

前はそんなこと一言も言ってくれなかったのに。

もう少し早くその言葉を聞けていたらよかったな。

「サキには負けるよ」

「そんなこと知ってるっつーの。お前が俺に勝とうだなんて一〇〇年早い」

「よく言うよ。私、サキに勝ったことあるし」

たしかにサキはうまいけど、足下にも及ばなかったわけじゃない。

何度か、本当に何回かだけサキに1ON1で勝ったことがある。

「うるせー！」

「だって、ほんとのことだし」

「本当にお前は素直じゃねぇな。ちょっとは琴音のことを見習え」

「ちょ、咲都……っ！」

琴音は顔を赤くさせながらサキの肩を軽く叩く。

本当ならば、ほほ笑ましい光景なのだろうけど、今の私にはただ地獄を見せられているような気分だ。

私が素直じゃないことくらい知っているくせに。

琴音は比較的素直な子だ。

「はいはい、素直じゃなくて悪かったですね」

「拗ねんなって」

「拗ねてないから」

あぁ、こんなやりとり……懐かしいな。

しょっちゅう、こんなくだらないやりとりをしては笑い合っていたなぁ。

それに、サキは本当に以前と何も変わっていなかった。

あんなサヨナラの仕方だったのに、サキは何もなかったかのように接してくれているんだから。

だから、たぶん……今こうして昔のように話せているんだと思う。

おばあちゃんの言うとおりだ。

私たちの仲は四年くらいでは壊れないのかもしれない。

変わったこともあるけど、変わっていないことのほうが多い。

「咲都！　ちゃんとどこに行くか決めといてね！」

「えー、お前が決めてよ」

「たまには決めてよ！　任せたからね！」

予鈴が鳴ったから琴音はそれだけ言うと、自分の席に戻っていった。

健吾も琴音のあとを追いながら戻っていった。

結局、琴音とは一言も話していない。

友情ってこんなものなのかな。

いや、最初から私と琴音の間に友情というものがあったのかすらわからない。


「……お前は彼氏いるの？」

授業が始まって数分後に隣からかけられた言葉。

本人はサラッと聞いたつもりなんだろうけど、ぎこちない口調なのがわかるくらい、サキはわかりやすい。

「……いないよ」

「じゃあ、あの……」

サキが言いたいのは、あのアイコンのことだろう。

まあ、今はもう変えてあるけど。

「あれは違うよ」

「……なんだ、そっか」

ホッと安堵して胸を撫でおろしているサキ。

そんなに私に彼氏がいるのがダメだったのかな？

自分は琴音といい感じなのに。

「何、彼氏かと思った？」

なんて、おどけたように笑ってみせた。

突き放していたのが嘘のように私たちの距離は一気に縮まって、まるで昔を見ているかのようだ。

「当たり前だろ？」

「あれは元カレだよ」

そう言うと、一瞬、動揺の色を見せたサキだけど、すぐに元の表情に戻り「そっか」とだけ言った。

「ナツのこと好きになる奴なんているんだなー」

「ちょっと、それ失礼だから」

世界中に一人や二人くらい、私のことを好きになってくれる人がいてもいいでしょ。

まあ、付き合ったのもサキを忘れるためだった……なんて、口が裂けても言えないけどね。

結果的に忘れられなかったのも事実だし。

私の中でサキの存在はあまりにも大きすぎたんだ。

忘れようとしても忘れられないくらい大きくて、それは膨らむばかりで風船のように途中で耐えきれなくなってパン！　と破れてしまうわけでもない。

ただ、どんどん膨らんでいくだけの気持ちの重みと大きさに自分でも驚いてしまうほどだった。

――サキ以外、好きになれない。

本当に心の底からそうだと思う。

だけど、私の恋はもう叶うことはない。

だって、サキと琴音はいい感じだから。

少なくとも琴音はサキが好きで、二人が付き合うのは時間の問題かもしれない。

そんな二人の間を引き裂けるほど私は図々しくないし、偉くもない。

「まあ、……一人はいるかもしれねぇな」

もの思いにふけりながら、そう言ったサキの表情はどこか暗く、見つめているのはゆらゆらと風になびくアイボリー色のカーテンなのに、それよりも遠くを見ているように思えた。

「え？」

思わず驚きの声を漏らしてしまったのは、サキの笑った顔がなんとなく泣いているように見えたから。

いつもはバカみたいに明るいのに。

「こら、二人とも再会したのはよかったが授業はきちんと聞きなさい。罰として明日の放課後は教室の掃除だ！」

授業担当は担任の杉川先生だったから、面倒くさいことに明日の教室の掃除を命じられてしまった。

「……最悪」

「もっと静かに話せよなー」

「あんたの声が大きいからでしょ！」

「いーや、お前の声がおっきいんだよ。ほら、まわり見てみ？　今だってみーんなお前のこと見てるぞ？」

たしかにみんなの視線は私のほうへと向いている。だけど、それは私だけに向けられたものではなく、私とサキに向けられたものなのだ。

それをサキは都合よく言っているだけ。

本当に困ってしまう。

「あんたのことだって見てるわよ」

「俺は人気者だからな」

「自意識過剰はやめて」

「おいおい……お前ら……」

杉川先生が止めに入ろうとしたけれど、そんなことでは私たちの言い合いは止められない。

「はあ？　俺が人気者なのはナツが一番知ってるだろ？」

「さあ？　四年近くもたったから忘れちゃった」

嘘だよ。今だってちゃんと覚えている。

サキがモテていたことも、みんなから好かれていたことも。

だけど、それを口にできずに嘘ばかり言ってしまうのは、私がサキを好きだから。

好きだからこそ、素直になれない。

私の初恋は、こじらせすぎているみたいだ。

「お前の記憶力は魚か」

「さすがに私も三秒では忘れないし」

「どーだろうな」

むっ、ムカつくなあ。

でも……またこんなくだらないことを言い合えているのは、予想外に大きな進歩なのかもしれない。

「お前ら、いい加減にしろ。痴話《ちわ》ゲンカは休み時間にしてくれ」

杉川先生がしびれを切らしたように言ったので、さすがに私とサキは口を閉じて黙り込んだ。

ふと視線を感じて、そちらをチラリと横目で見ると、琴音が私たちを大きな目でギロッと鋭く睨んでいた。

……絶対、怒っている。

そりゃあ、サキのことが好きなんだもんね。

嫌いな女の子と仲よくしていたら、なおさらムカつくよね。

だけど、ごめん。琴音。

私……サキのこと手放せそうにない。

この街を離れてからもずっと、私の心の支えはサキだったから。

でも安心して。琴音の好きな人を奪う資格は、私にはないから。


「……ねえ、夏葵。ちょっといい？」

次の休み時間に私の席へ来て、気まずそうに話しかけてきたのは琴音だった。

「あ、うん」

何を言われるかくらい見当はついている。

それでも行ってしまうのは、たぶん性格だ。

本当に私は何も学習しないなぁ。

それから私たちは人気の少ない廊下までやってきた。

「……なんで、なんで戻ってきたの⁉」

そう言って、琴音は声を荒らげた。

ここに来るまでずっと我慢していたんだろう。

その証拠に今にも泣きそうな顔をしている。

……そう、聞かれると思っていた。

琴音には私が邪魔者でしかないもんね。

やっぱり私は戻ってきちゃダメだったのかな。

サキも傷つけて、琴音まで泣かせちゃって。

本当にどうしようもない人間だ。

「……」

何も答えられずにいると、琴音はずいっと私の顔に自分のキレイな顔を寄せてきて、私を冷たい壁に追いやる。

ピタリ、と背中が空気で冷たくなった壁とくっつく。

琴音のことを大切な親友だと思っていたのは私だけだったのかな？

私たちが過ごした日々っていったいなんだったの？

やっぱり、友情なんて壊れるのは一瞬で脆いものだ。

「あんたのせいで……咲都がどれだけ苦しんだと思ってるの……⁉」

サキが……苦しんだの？　私のせいで？

「せっかく元気になってくれたのに……どうして私とサキの前に現れたの……⁉ねぇってば‼」

私のベストにしがみついて、泣きわめく琴音。

その姿を見ていると、本当に彼女たちが私のせいでどれだけ傷ついて苦しんだのかがよく伝わってきた。

かといって、私だってどうしたらいいのかわからなかった。

全部、自分が悪いというのは痛いほどわかっている。

だけど……私だって好きでこの街を出たわけじゃない。

「……私は、戻ってきたんじゃないよ」

「……え？」

そう、私は戻ってきたんじゃない。

帰ってきたわけでもない。

私がそう思いたいだけだ。

それはただのキレイ事。

本当は、本当はね、私……。

「……逃げてきたんだよ」

私は弱いから。

都会が嫌になって逃げてきたんだよ。

「……は？」

納得がいっていない様子の琴音。

そりゃあ、そうか。

この街の人から見れば私は『戻ってきた』になるんだよね。

逃げたかどうかなんて知ったことではない。

だけど、私には違う。

すべてが嫌になって、この街に逃げてきたんだ。

楽しかったあのころを夢見て。

サヨナラも言わずに去った私を受け入れてくれるかという不安はあったものの、私には結局この街しか逃げ道が残っていなかったのだ。

「今さら、調子のいいこと言わないでよ！」

「ごめんね。いっぱい傷つけて」

「っ……」

「許してなんて言わないよ。琴音の好きにしていいよ。ムカつくなら殴ってくれたっていいよ」

私はそれくらいのことをしてしまったのかもしれないのだから。

琴音のことをたくさん傷つけた。

サキも健吾もそうだ。

みんな、みんな私にとって大好きな人で大切だったから、ただみんなを傷つけないように守りたかった。

だけど、まだ幼い中学一年生だった私には、大切な人を傷つけずに済む方法がわからなかったし、行くな、と言われたら、どうしたらいいのかわからなかった。

だから、せめて、何も言わずに終わりたかったんだ。

「わかった。じゃあ言っておくね。私は咲都が好きなの！　ずっとナツが咲都のことを好きだったのは知っていたけど、私だって咲都のことが好きだったの。だから、咲都のことを奪わないで」

琴音がサキのことが好きなのは見てわかっていたけど、まさかこうして面と向かって言われるとは思っていなかったので胸が痛んだけど、自分の気持ちを素直に言える琴音が羨ましかった。

同時に、東京時代にいじめの原因にもなったことを思い出して胸が苦しくなる……。

「サキのことは奪わないから。本当にごめんね」

どんなに謝罪したって私の中にあるこの罪悪感は消えてくれない。

ずっと、後悔していた。

どうして琴音たちに本当のことを話せなかったのか。

きっと優しい琴音たちは受け入れてくれたはずなのに。

「謝らないで……！　もういい！」

そう言うと、涙を流しながらスタスタと足早に廊下を歩いていってしまった琴音。

そんな彼女の小さく震える背中を見つめながら、私もそっと静かに涙を流した。

約四年の間にこんなにも崩れてしまうなんて。

わかっていたはずだった。拒絶されることを。

覚悟だってちゃんと決めてきていたのに、いざこうなると苦しくて、苦しくて涙が溢れて止まらない。

神様、お願いします。どうか時間を戻してください。みんなと仲がよくて、幸せだったころに……。

だけど時間など戻せるわけもないので、強引に涙を止めて、おぼつかない足どりで教室まで向かった。

教室に戻るとサキが泣いている琴音の背中を優しくさすっていた。

——ああ、こんな光景など見たくもなかったのに。

視界を閉ざしたくなる衝動を堪えて自分の席に戻る。

泣いている琴音をチラチラと他の生徒たちが見ているけれど、そんなことをまったく気にする様子もなく琴音は泣き続ける。

「どうしたんだよ、琴音」

「……っ、なんでもない……」

「なんでもないのに、こんなに泣くかよ」

「ほんとに、なんでもないの……」

まるでカップルみたいな二人の会話を盗み聞きしていたものの、耐えきれなくなって顔を机に伏せた。

二人のことをたくさん傷つけた私が、自分の気持ちを優先して琴音の気持ちを無視することなんてできないし、絶対にしちゃいけない。

もういっそのこと、この気持ちには蓋《ふた》をして、広大な海に捨ててしまいたい。

二人が付き合うのは時間の問題だ。私が邪魔しちゃいけない。

応援しなきゃ……そう、応援するんだよ。

こんな余計な感情はいらないんだ。

自分の気持ちを押し殺すように一度だけ目をぎゅっと瞑《つぶ》り、むくりと顔を上げた。

サキのことは好きじゃないフリをしよう。

本当の気持ちは誰にも知られないようにするんだ。

自然に忘れられるまで、密《ひそ》かに想《おも》い続けることくらい神様も許してくれるはず。


帰りのホームルームが終わると、サキが声をかけてきた。

「一人で帰れるか?」

「大丈夫だよ。あんたは琴音と出かけるんでしょ? 楽しんできなよ」

家まで無事に辿りつけるかなんて、わからない。

でも、もし迷ったらおばあちゃんに電話すればいい。

「そうか。なんかあったら電話しろよ」

そう言うと、サキは琴音の元へ行ってしまった。

その大きな背中を横目で見ながらスクールバッグに荷物を入れる。

「行かせていいの?」

「えっ?」

いつの間にか隣にいたのはスクールバッグを肩にかけた健吾だった。

思わず驚きの声を漏らすと、健吾はなんとも言えないような顔で笑った。

「今朝のことは嘘なんでしょ」

「今朝のことって……」

もしかして、私がサキのことなんて好きじゃないって言ったことかな？

「咲都のこと、まだ好きなんでしょ」

「……っ」

「ほーら、ビンゴ」

サキと琴音に聞かれていないか教室をキョロキョロと見渡してみるけど、二人の姿はどこにもなくてホッとする。

もう帰ってしまったのだろう。

「……サキと琴音には言わないで」

サキには負けるけど健吾とも一緒にいた時間は長いからきっとわかったんだろう。

昔から異常に勘が鋭かったし。

「どうして？」

「琴音を傷つけたくないし、二人の関係を壊したくない」

教室にはもう私たち二人しかいなくなっていた。

だからなのか、やけに声が響く。

「琴音になんか言われたの？」

「そういうわけじゃないけど……」

「どうせ、『なんで戻ってきたの』とか『咲都を取らないで』とか言われたんでしょ」

「っ……」

図星だったから、言葉に詰まる。

本当にこの先、健吾に隠し事はできそうにない。

どこまでこの男は鋭いの。

「やっぱりね。琴音は昔からお前ら二人の関係をよく思ってなかったらからねー」

「……そうなの？」

「だって、夏葵と咲都って自然と仲よくするじゃん。それが羨ましかったんだろうね。俺でも二人の間には入れないような時もあったし」

健吾がそんなことを思っていたなんて何も知らなかった。

サキとは気が合うし、一緒にいてラクで楽しかった。

だからこそ、他の男の人じゃ満足できなかった。

「それに、夏葵がいなくなってからの間にいろいろあったから、余計に夏葵が許せないんだよ。正直、俺もまだ許せてない」

私がいなかった間に何があったの？

空白の約四年。

私にもいろいろとあったくらいだ、みんなにもいろいろあったよね。

「……どうして、突然いなくなったんだよ。俺たち、あんなに仲よかったのに……信用してなかったのか？　頼りなかったのか？」

「それは……」

いなくなる理由なんて、言えなかった。

大切だったから、悲しませたくなかった。心配させたくなかった。

なんて今さら言ってもただのキレイ事で、言い訳にしか聞こえないんだろう。

「咲都だって本当はそう思ってるよ。アイツは優しいから何も言わないだろうけど。言い方はひどいけど、俺も今さら戻ってくるなって思ってる」

サキも……そう、思ってる、か。

『俺はずっと待ってたよ。お前が戻ってくるの』

その言葉は彼なりの優しさだったんだろうな。

私は本当に大バカ者で、都合のいい奴だ。

たくさん傷つけといて今さら逃げ戻ってくるなんて。

拒絶されて当たり前だよね。

「……ごめんね。ほんとに」

「謝るくらいなら……戻ってくるなよ！」

「うん、私も今さら、しかも知らん顔して戻ってくるなんて卑怯《ひきょう》だってわかってたよ。だけど、私にはみんなしかいなかった……なんて、いい言い訳だね。本当のことを言ってくれてありがとう」

こぼれ落ちそうな涙を下唇を噛みしめて堪えながら私は言った。

「……いや、俺もつい言いすぎた……悪い」

我に返ったのかハッとしたような顔をしてから自分の後頭部を触り、視線を足下に落とす健吾。

きっと、ずっと私にぶつけたかった言葉なんだろう。

「ううん。悪いのは全部私だから」

「……俺もさっきはあんなこと言っちまったけど、今の夏葵を見てると、なんか咲都が怒れないのもわかる気がする」

「え？」

「だって、お前って昔から人に弱いところ見せないだろ？」

「……」

「きっと何か言いたくない理由があるからだってわかってるんだ。でも頭ではわかってても心は許せなくて……悪い」

本当に申し訳なさそうに謝る健吾。

そんなに謝らなくても、すべて私が悪いだけの話なのに。

「大丈夫だよ。本当になんにもなかったから。みんなに恨まれて怒られるのだって当たり前だから」

「夏葵……」

「それに、こーいうのも慣れてるから」

何も言われないように笑ってみせた。

「やっぱ……」

「さあ、帰ろ。今までごめんね。バイバイ」

「ちょ……待てよ……夏葵……っ」

呼び止める健吾を教室に残して私は全力で駆け出した。

すばやく上靴からローファーに履き替えて、アスファルトを蹴《け》って、腕を振って、溢れ出す涙を拭《ぬぐ》うことなく、何度も地を蹴っては足を動かした。


どれくらい走ったのだろう。

少し息苦しさを感じて足を止めた。

「はぁはぁ……」

ここまで来たら、さすがに健吾も追いつけないだろう。

膝《ひざ》に手を置いて、地面に視線を向けて肩を揺らす。

こんなに走ったのは、いつぶりだろう。

……もう思い出せないや。

やっぱり、私は逃げてきちゃダメだったんだ。

ここしかない、と思っていたけど、そう思っていたのは私だけでみんなは私のことなんていらなかったんだよ。

本当に……バカだなぁ……。でも、すべて自業自得。

ポタリ、ポタリ、と大粒の涙がアスファルトに丸いシミを作る。

「っ……」

幸い、田舎町だから人通りは少なく誰もいない。

こんな醜い姿を人様に見せられない。

誰かが来る前にこの涙を止めなきゃ。

そう思い、左手で両目を押さえて憎らしいほどキレイな淡い空のほうに顔を上げた。

こんなことをして、涙が止まるわけではない。

でも、下を向いているよりも上を向いているだけで少しは気持ちが前を向くと思ったんだ……。

「ねぇ、咲都〜！」

「ん？」

「あのストラップかわいくない⁉」

「そーだな」

「お揃《そろ》いで買おうよ！」

再び歩き始めて少しすると、そんな二人の会話だけ聞こえてきた。

姿を見なくたってわかる。

サキと琴音だ。声だけでわかるよ。

誰より大切な人たちだったんだもん。

だけど、ここにいることがバレたら面倒くさいことになりそうだ。

そう思った私は無理やり涙を止めて、なんとなく覚えているおばあちゃんの家へと続く道を歩き始めた。

――あのころの楽しかった日々は、もう戻ってこない。

そう、思い知らされた一日だった。

静かな道をゆっくりと歩いてると、前のほうから女子二人組が仲がよさそうに話しながら歩いてきた。

私にはそんなことができる友達なんていなかった……。

そんなことを考えていると、思い出したくもない記憶が頭の中に蘇ってきた……。

『田舎者がさ、何でしゃばってんの？』

『別にそんなつもりはないんだけど……』

『自覚もないの？　こっちはあんたが目障りなんだよ』

私は、都会の高校に入ってすぐいじめられていた。

理由なんて単純で、仲がよかった女友達の好きな人から告白されたから……という、くだらない妬《ねた》みから生まれたいじめだった。

告白は断ったのにいじめは続き、気づけば友達は離れていき、学校に行ってもいつも一人。

誰も助けてなんてくれない。

両親には迷惑をかけたくなくて何も言えず、毎日繰り返される嫌がらせにただ耐えることしかできなかった。

日に日にエスカレートしていく嫌がらせは私の心を徐々に蝕《むしば》んでいった。

ある日、学校に行くと、靴箱には大量のゴミが入れられていて、それを朝からゴミ箱に捨てて教室に入ると、私のほうを見ながらコソコソと話し声が聞こえてきた。

すると、いじめの主犯の女の子が私のほうに近寄ってきてふっと鼻で笑うと、すぐに真顔になった。

『今日も来たの？　あんたもしぶといね』

自分でも嫌なことされるとわかっていながら、どうしてこんなところに来ているのかわからなかった。

なんで私がこんな目に遭わないといけないんだろう。

私が何か悪いことでもした？

告白も断わったよ？

『あんたも毎日毎日こんなことして暇なんだね』

もう、どうでもよかった。

いつもなら言い返したりしないけど勝手に口が動いていた。

『は？　調子に乗んなよ』

女の子は私の髪の毛をグッと掴み、不敵な笑みを浮かべた。

『あたしに口答えしたこと、後悔すればいいよ』

私は、火に油を注いでしまったような気分になった。

お昼休みになり、いつものように一人でお母さんが朝から一生懸命作ってくれたお弁当の蓋を開けた。

あ、唐揚げが入ってる……！

小さいころからお母さんの作る唐揚げが大好きだから、本当にうれしい。

朝から面倒くさいはずなのにわざわざ揚げてくれたんだろうな。

どれだけ学校が嫌でも、お母さんの作ってくれたお弁当を見ると少し元気が出て頑張ろうと思えるから不思議だ。

ところが、お弁当を食べようとお箸を手に取った瞬間、目の前のお弁当に白い粉がかけられた。

弾けたように顔を上げると、そこには黒板消しを持った女の子が私の呆然とした顔を見て満足そうにケタケタと笑っていた。

『こっちのほうがおいしいって。あっ、ついでにあんたもかわいくしてあげるわ』

そう言うと、今度は私の頭の上に黒板消しを持ってきてパンパン、と叩いた。

なんでこんなことするんだろう。

真っ白になったお弁当を見つめていると、お母さんが朝から頑張ってお弁当を作ってくれている姿が頭の中に浮かんできて、無性に泣きたくなり下唇をぎゅっと噛みしめる。

泣きたくない……こんな奴の前で泣いたら終わりだ。

涙がこぼれ落ちそうになるのをなんとか堪えて、私は彼女の気が済むまで黙っていじめに耐え続けた。

それから、髪の毛についたチョークの粉を落とすためにトイレに移動した。

髪の毛に粉がまだらについている惨めな自分が汚れた鏡に映し出されているのを見て、知らぬ間に涙が頬を伝っていた。

『もう……嫌だ……っ』

ぽろり、とこぼれた本音が合図だったかのように涙が幾度となく溢れ出してきた。

サキ、琴音、健吾……みんなに会いたいよ。

話がしたいよ……っ。もう一度、みんなと何気ない日々を過ごしたいよ……。

ねえ、サキ……助けて……っ。

その場に崩れ落ち、しばらく涙を流した。

それから、何もなかったかのように午後の授業はすぎていき、私は家までの道のりを重い足取りで歩いていた。

帰りたくない。

だって、お弁当のこと……なんて言えばいいの？

本当のことを言ってしまえば、お母さんに心配をかけてしまう。

お弁当は捨てるべきだった？

でも、せっかく作ってくれたのに捨てられない。

そう思っていると家についてしまい、意を決して家の中に入った。
『ただいま～』
いつもどおり明るく言えたと思う。
『おかえり』
リビングから優しいお母さんの声が聞こえてくる。
お母さんは学校で私がいじめられているなんて思ってもないだろうな……。
そんなことを考えながらリビングへと移動する。
すると、何も知らないお母さんが私の大好きな笑顔を浮かべながら私のほうに来た。
『今日、お弁当の中に夏葵の好きな唐揚げ入ってたでしょ？　おいしかった？』
やっぱり、私が喜ぶと思って入れてくれたんだ。
だからこうしてうれしそうに私に尋ねてきてるんだ。
こういう時、なんて言うのが正解なんだろう。
スクールバッグの中にはチョークの粉まみれのお弁当が入っている。
嘘をついてもきっとバレる。
でも……。
『おいしかったよ。やっぱりお母さんの作る唐揚げは世界一だね！』
お母さんに悲しい顔をさせたくなかった。

私が我慢をすればいい。

やっぱりお弁当は、あとでどこか外のゴミ箱にでも捨ててこよう。

『手、洗ってくるね』

一言、声をかけてから洗面所に向かい、手を洗う。

鏡でもう一度自分の顔を見てみると、お昼休みに泣いたせいか目が少し赤く腫《は》れていた。

相変わらず、不細工な顔……。

濡れた手で鏡に映る自分の顔に〝×〟を描いた。

私は……何をやっているんだろう。

こんなことをしても何も変わらないのに。

地獄の日々が明日もやってくることは変わらない。

『今日の夜ごは……ん……』

気を取り直してリビングに戻りながら言った言葉は、最後まで言えず、その続きはどこかへ消えていった。

私の視界に映ったのは、スクールバックからお弁当を取り出し、蓋を開けて中身をジッと見つめているお母さん。

ど、どうしよう……見つかってしまった。

うまい言葉が見つからず黙り込んでいると、お母さんがゆっくりと口を動かした。

『……ごめんね。一人で辛かったよね。お母さんがもっと早くに気づいてあげられていたら……』

そう言って私を優しくぎゅっと抱きしめてくれた。

お母さんの辛そうな声に胸が苦しくなる。

お母さんは何も悪くない。

そう言いたいのに、私は言葉がすぐに出てこなくて黙って左右に首を振った。

ごめん、は私のほうだよ。

お母さんは謝らなくていいんだよ。

『もう我慢しなくていいからね』

お母さんの優しい声に涙がポロポロと溢れ出てきた。

『うぅ……っ』

私の嗚咽《おえつ》が静かなリビングに響く。

ずっと、辛かった。

心なんてもう壊れる寸前だった。

『もう……行きたくない……っ』

やっと口にできた本音だった。

ずっと、言えなくて苦しんでいた。


次の日から、私は学校に行かなくなった。

だけど、いじめは私の心に深い傷跡を残し、今もときどき夢に出てきて私を苦しめ続けていた。そして、女友達と恋愛のことでモメた時の怖さ。

何度泣いても、忘れようとしても、消えない記憶。

そのたびにサキやみんなのことを思い出して嫌な記憶をかき消していた。

「もし、ここに戻ってこれなかったらどうなっていたんだろう」

そっと声にした疑問は小さな田舎町の中へ消えていった。

ここに戻ってこれなくて、まだ向こうで生活しているところを頭の中で考えるだけでゾッとした。

もう一度、みんなに会えてよかった。

だけど、みんなはやっぱり私を許してくれない。

この胸の奥に秘めた思いは、いつか君に届けることができるのだろうか。

Labradorite《ラブラドライト》

思慕・調和・記憶

「立花ー、辰巳ー。これから二人で教室の掃除頼んだぞー」

ホームルームが終わり、キーンコーンカンコン、と放課後に突入することを知らせるチャイムが鳴り響く。

そうだった。

今日はサキと二人きりで教室の掃除をすることを任されていたんだった。

すっかり忘れていたよ。

「めんどくせぇな。なあ？　ナツ」

「ほんとそれ……って、こーなったのは誰のせいよ」

「ナツがデカい声で話したから」

「いや、サキの声がデカかったんだってば！」

「うーわ、人のせいかよ」

「そっちだってそうじゃん」

みんなが帰っていく中、私とサキはまた言い合いをしていた。

そういえば、今日は部活いいのかな？

昨日だって琴音が貴重なオフだって言ってたし。

「ねえ、サキ。今日部活は？」

「今日は休むわ」

「え、なんで？」

「なんとなく。行く気になんねーから」

「へえ」

サキがズル休みするなんて珍しいな。

昔はサボったりするような奴じゃなかったのに。

健吾の言うように私がいなかった間に何かあったのが原因なのかな……なんて、考えたってわからないし、私には関係のないことだ。

人は時がたてば変わってしまうんだ。

私だってそうなんだから、みんなが変わっていても何も不思議じゃない。

「……なんか、こーやってナツと二人きりになんの久しぶりだな」

サキがそう言ったのは、きっと私がこの街を出ていくまで私たちは本当にしょっちゅう二人でいたことが多かったからだと思う。

「だね」

そう言いながら掃除用具が入っている縦長のロッカーを開けて、ホウキを二本を手に取る。

「懐かしいな。おっ、パス」

サキに向かってホウキをひょい、と投げた。

サキはホウキを無事にキャッチすると「さんきゅー」とだけ言った。

「もう四年近くになるもんね」

「早いな。よしっ、掃除やるか」

「そうだね」

健吾が言っていたとおり、サキも私に文句を言いたいんだろうな。だけど、優しいから何も言わないんだ。

いっそ、激怒して距離を置かれたほうがよかったのかもしれない。変に優しくされると私の心は期待してしまうから。

「サキはあっち側から、はいていってね」

「了解」

私はサキと反対側に立ち、床に溜《た》まった紙くずやホコリをはいていく。

改めて二人きりだと実感すると、落ちつかない。

教室のグラウンド側にいる私と廊下側にいるサキ。

それは、まるで今の私たちの間に生まれた距離のように思えた。

その距離は、いらないものを排除していくうちに徐々に縮んでいくのだろうか。そんな疑問を、つい抱いてしまう。

サキはそんな私の気持ちなんて知りもしないから淡々と掃除をしている。そんなサキの姿を見て、ふと声が漏れた。

「あ、そういえば蛍光ペン返すの忘れてた」

そう言うと同時にスクールバッグを開け、ペンケースを取り出してサキから昨日貸してもらった蛍光ペンを手に取る。

昨日は、サキと琴音の仲のいい感じや健吾の言葉で動揺していたから、頭からすっかり抜け落ちていた。

「あー、もらってくれてもよかったのに」

「サキからもらったら、あとが怖いからね～」

冗談っぽく言うとサキはケラケラと笑った。

「ほんと、お前ってそーいうとこしっかりしてるよな」

そういうところって、どういうところなのさ……と思いながらも、蛍光ペンをサキの前に差し出す。

「ありがと。おかげでいいことあったかも」

なんていうのは嘘。

昨日は、何ひとついいことなんてなかった。

だけど、今ここでサキと二人きりになれたことは昨日先生に怒られたせいだから、それだけはいいことだったのかもしれない。

それ以外は本当に最悪だった。

「嘘つきだな。その顔は、『なーんにもいいことなんかなかったんだけど、どうしてくれんの』って顔だな」

「はぁ、ほんとサキって変なところ鈍感なのに私のことすぐ気づくよね」

昔からそうだった。

どんなに小さなことでも私の変化にすぐ気づいて声をかけてくれたサキ。

あの時……最後に話した時だってそうだ。

サキは本当は私に何かあったことに気づいていたと思う。だから普段は言わないようなことも言ってたんだ。

あの時、私が素直になって本当のことを打ち明けていたら……何か変わっていたのかな？

「当たり前だ」

「もー、ムカつくなあ」

そう言ってサキの足元を持っていたホウキでつつくと、「ちょ、おま……っ、やめろよ！」と嫌がっているはずなのに笑いながらうれしそうに避けた。

「やめろ、とか言ってるのにうれしそうじゃん」

「はあー？　それはなー、お前のために笑ってやってんの」

「まーた、都合のいい言い訳だ」

「うるせえ、うるせえ」

仕返しだ、とでもいうように、サキもホウキで私の足元をツンツンとつついてきた。

「十倍返しだ～～」

「なっ、やったなぁー！　一〇〇倍返しだ～～！」

「うわー、逃げろー！」

私がサキをホウキでつつこうとしたらサキはすばやく教室の中を逃げ回る。

まるで、あのころに戻ったように思えて、つい頬が緩み自然に笑顔になる。

ガキくさい、と言われればそれまでだろう。

だけど、私にはそれがものすごく懐かしくてうれしく思えるような大切な思い出のひとつで、またこうしてサキと笑い合えるなんて思ってもいなかったんだ。

サキが私を遠ざけるために机を動かしてガタガタッと音を立てながら、もともとあった場所から移動させた。

「あ！　せっかく掃除してたのに！」

「あ、それはわりぃな」

「もー、遊びは終わりっ！　早く終わらせよう」

サキには、これ以上、近づいたらいけない。

ふと思い出して慌てて気持ちを切り替えた。

「はいよー、あっ、今日はちゃんと送ってくからな」

「え、なんで？」

「帰る方向一緒だし」

たしかにサキと私の家はすごく近いけど……。

「琴音は……いいの？」

私がそう言うとサキはわかりやすく表情を曇らせた。

たぶん、気にしているんだろうな。

私だって一緒に帰りたくないわけじゃない。

むしろ、サキと二人で帰りたい。

だけど、そう簡単に昔のようにずっと二人でいられるわけじゃない。

「琴音は関係ねぇし。……ナツは一緒に帰りたくない？」

「えっ……」

「いや、違うな。俺が久しぶりにナツと帰りたいんだ」

サキはそんなことを聞いたらきっと私が困るだろう、と思ってこんなことを言ったんだ。

「……今日だけね」

なんて、かわいらしくないなあ。

でも、これ以上サキの近くにいたらきっと私はサキが欲しくてたまらなくなってしまうから。

「おう」

約四年前までは何も気にせず、当たり前のように毎日一緒に帰って、笑い合っていたのに。

それがどれだけ大切なことだったのか改めて実感させられたよ。

どんなに願ったって時間は戻らないんだから。

そんなこと痛いほどわかっているのに、無理だってちゃんと頭ではわかっているけど、時間を巻き戻せたらいいのに――。

そう、叶うはずもない無謀な願いを私は今日もバカみたいに祈り続けている。

掃除を終えたのにサキはなかなか帰ろうとはせず、何を思ったのか教室のグラウンド側で一番後ろの席、つまりは私の席のイスを引いてなんの躊躇《ちゅうちょ》もなく座ったのだ。

そして、頬杖をつきながら窓の外をジッと見つめている。

「……どうしたの？」

急にどうしたんだろう。

サキはグラウンドを見ているはずなのに、もっと遠くを見ているように思える。

「んー」

その答えは濁されたので、サキがどうして私の席に座っているのかは不明のまま。

私も何気なく窓の外に目をやると、あることに気づいた。

「あー！　わかった！　琴音は陸上部だから見てるんでしょー」

なんでもないかのようにわざと明るく言いながら、私はサキが座っている前の机にサキのほうを向いて腰をおろした。

琴音は昔から運動神経がよくて、陸上部だった。

今も陸上をしているらしい。今日のお昼休みにクラスメイトと話しているところを聞いた。

「そんなんじゃねーよ。ちょっと考え事」

健吾は『よくわからない』とは言っていたけど、やっぱりサキも琴音のことが好きなのだろうか。

なんだか暗くなりそうだったので、私はわざと明るい声を上げる。

「サキはバカだから、考え事なんかしたって無駄だよ〜」

「お前、バカって言ったな？　俺はお前がいなかった間に覚醒《かくせい》したんだよ」

なんて、得意げな笑顔を見せたサキの頭を軽くポンと叩いた。

「何が覚醒よ。テストはいつも三十点台だったくせに〜」

「ナツだってよくなかっただろ。俺がおまじないかけてやるよ、ほら」

そう言って、私の髪の毛をわしゃわしゃと犬と戯れるように撫でてきた。

「ちょ、バカがうつる！」

「はぁ？　なんだとこの野郎！」

二人でお互いの髪の毛をぐしゃぐしゃに触り合っていたらサキがバランスを崩して、私の顔の目の前にキレイな顔がやってきた。

「……」

突然のことに二人とも言葉が出なくて、思わず沈黙。

まつ毛が長いなぁ、とかキレイな二重だなぁ、と思うことはいっぱいあったけど、それ以上に胸の鼓動のほうがうるさくてそれどころじゃなかった。

サキもまったく動かずに、ジッと私の瞳を見つめてくる。

ああ、本当に好きだなぁ、とふいに思う。

好きになっちゃいけないのに、早く忘れなきゃ傷つくし、琴音も傷つけるってわかっているのに、どうしようもなくサキのことが好きだ。

もう、あとには引けないほどに。

「……ナツ」

サキの男らしい手が私の頬に伸びてくる。

次の瞬間、その手が私の頬に触れて、サキはまるで私がここにいるのを確かめるかのようにゆっくりと親指を動かした。

——理性なんて、壊してしまいたい。

そう心の底から思った。

だけど壊せない。

徐々に近づいてくるサキの顔。

とっさにサキの両頬を両手で挟んだ。

今、ここでサキとキスをしてしまえば、私のサキに対する気持ちに踏ん切りがつかなくなる。

本音を言えば、理性なんてものは粉々に壊してもよかった。でも琴音の気持ちを考えたらダメ。

サキもやっと我に返ったようで、焦ったように私から離れた。

「わりぃ……なんか気づいたら……」

「大丈夫。何もしてないんだから」

嫌なくらい高鳴るこの鼓動が、どうか君の耳には届かないように……ただそれだけを今は祈った。

「ほんと……俺……」

「なーに辛気臭い顔してんの？　さっ、帰ろ。一緒に帰ってくれるんでしょ？」

私は本当に何も気にしていないかのように振る舞った。

そうしたらサキもいつもみたいに戻ってくれるかな、なんて思ったから。

これ以上サキを好きになりたくないくせに、距離を置きたいくせに、私は結局サキの近くにいたいと思ってしまっている。

私はどこまでもずるい。

「……そうだな」

ガタガタ、とイスを引いた音がやけに大きく教室に響き、ひどく虚《むな》しい音に感じてしまう。

虚しい、虚しい、私の恋の音。

スクールバッグを肩にかけて、教室を出て鍵《かぎ》を職員室に返すために職員室へと足を進めた。

「サキ！　ジャンケンポン！」

私がいきなりそう言うと、隣にいたサキはとっさにグーを私はパーを出して勝った。

「なんだよ、いきなり」

「負けたからジュース奢って！」

早く、いつものサキに戻ってよ。

せっかくの二人の時間を気まずい時間として使いたくないの。

「はぁ？　いきなりってずるいわ〜」

「昔は勝ってたのにね」

「今回は仕方ねぇから負けてやったんだよ」

なんて意地を張るサキがかわいくて、思わず噴き出してしまった。

「なに笑ってんだよ」

「いやー、サキかわいいなって思って」

「全然うれしくねぇし」

そっぽを向いて私から視線を逸らすサキ。

「嘘だー、ほんとはちょっとうれしいでしょ？」

「ぜんぜーん」

「ほんとのこと言ってみ？　ほらほら」

サキの腕をツンツンとつつきながら笑顔を向ける。

楽しいなぁ、としみじみ思う。

「まあ、ちょっとだけな。ほんとにちょびっと」

人差し指と親指でどれくらい少しなのか表しながら、眩しいくらいのキラキラした笑顔を浮かべた。

その笑顔にトクン、と小さく鼓動が高鳴ったのを私は必死に隠した。君にたった一言『好き』と言えたならどれだけいいのだろう。

「ほら、やっぱりうれしいんじゃん」

ちょうど、職員室についてサキが鍵を返しに行って、すぐに出てきたのでまた二人並んで今度は靴箱を目指しながら歩く。

「なんのジュース買ってもらおうかな」

「生徒玄関を出たとこにある自販、ナツの好きなサイダー売ってんぞ」

「え、ほんと⁉」

「おう」

私が好きなものも嫌いなものもサキは知り尽くしている。

昔とそれらは変わっていないから、サキはもしかしたら私よりも私のことを知っているかもしれない。

「それにする？」

「うん！」

うれしくて、うれしくて、仕方なかった。

サイダーがあったこともそうだけど、サキがまだ私の好きな飲み物を覚えていてくれていたことがうれしかった。

「そういえば、昔はよく駄菓子屋に行ってラムネを買って、海を眺めながらラムネ飲んでたよな」

続けて「懐かしいな」と言いながら、その日々を思い出しているのか少し切なげに笑ったサキ。

「そうだね。ほんと、楽しかった」

それにつられるように私もぎこちなく笑う。

本当に楽しかったんだ。

何も気にせず、ただゆっくりと流れていく時間の中でサキとなんでもないことで笑い合って時にはケンカしちゃったりもして。

サキは私の青春そのものだ。

あの楽しかったころに戻ることはできないけど、私はサキと過ごしたかけがえない時間を忘れたくない。いや、きっと一生忘れられないだろう。

「中一の夏っていえば……俺ら十二歳くらいか」

「若いなあ」

「ババアみてぇなこと言うよな」

「うるさいなあ！」

ローファーに履き替えてトントンとつま先を鳴らす。

サキもローファーに履き替えて私のことを少し先で待ってくれている。

それだけなのにこんなにも舞い上がっている私の心は、どうしようもなく複雑な気持ちになる。

琴音に悪いな、と思っているのに、こんな時間が永遠に続けばいいのに、とも思ってしまっているんだから。

「ほら、買いに行くぞ」

昇降口を出てすぐの左手に自動販売機が一台あり、サキがスクールバッグから財布を取り出して自動販売機にお金を入れる。

ピッ、と欲しかったサイダーのボタンを押すと、ガタンガタンという音とともに取り出し口にキンキンに冷えたサイダーが落ちてきた。

サキはサイダーを手に取ると、少し後ろにいた私に「ほらよ、感謝しろよ」と言って渡してくれた。

そして、それを受け取った私は、胸を飾る赤いリボンの前で無意識にぎゅっと握りしめていた。

声にしてはいけない思いをサイダーにぶつけるように強く、強く。

「ありがとー!」

そう言いながらペットボトルのキャップを回すと、プシューというさわやかな音がした。

ゴクリ、ゴクリ、と喉に流すと、どうしようもなくあのラムネの味が恋しくなった。

いや、サキとの思い出が恋しくなった、と言ったほうが正解だろう。

「はいよ。あ、俺にも一口ちょうだい」

サキは照れる様子もなくそう言うと、私の手からサイダーを奪い取ってゴクリと一口だけ飲んだ。

……間接キス。

そんなことでドキドキしてしまっているのはきっと私だけで、サキはなんとも思っていないし何も考えていないんだろうな。

「どう？　おいしい？」

「相変わらず最高だな」

「あのラムネが恋しくなるね」

今もあの駄菓子屋さんはあるのだろうか。

あるのなら、そこでラムネを買ってから海へ行って潮風に当たりたい。

「だなー。最近全然飲んでねーわ」

「また飲みたいね」

何気なしに言った言葉だったけど、声にしてからハッと気づいた。誘ってしまっているように聞こえてしまったかな？

どうしようかと焦っていたら上から穏やかな声が降ってきた。

「まだ春だから夏にお預けだなー」

サキは、何も気にしていないんだろうか。

それとも、私が過剰に反応して気にしすぎているだけなんだろうか。

「その前にテストを乗り切らなきゃだしね」

「俺、今回マジでヤバい」

「さっきまで覚醒したとか言ってた人が、何を言ってんの」

私の言葉に、しまった、とでも言いたげに後頭部を触ったサキ。

本当にわかりやすい。まあ、覚醒したなんて冗談だってことくらいわかっていたけどね。

「いやー、まあ、俺にはナツがいるし？」

「はあ？　そこは私の名前じゃないでしょ」

なんで私の名前なんて出すの？

サキにはそんなつもりがなくても、私の心は正直だからバカみたいに期待しちゃうんだよ。

恋なんて、そんなものだ。

期待しては裏切られて……の繰り返しだけど、どうやっても期待しないことなんてできない。

片想いだろうが、両想いだろうが関係なく、恋は楽しいものでもあり、悲しく辛いものでもあると思う。

私がいじめられた原因もそうであったように、恋の嫉妬《しっと》が時に人の人生を狂わすことだってあるのだから、それほど人を好きになるということは奥が深い。

「だって、ナツは俺の専属教師だろ?」

当たり前かのように言うサキ。

何年前の話だよ……と言いたいところだけど、今もサキがそんなことを言ってくれていることに胸を躍らす。

「あー、テスト期間はずーっと迷惑電話がかかってきてたもんね」

毎日、毎日電話をかけてきては勉強もしながらお互いどうでもいいような話をして、結局三時間ほど話していた日々のことは、四年近くも前のことなんて思えないほど鮮明に覚えている。

「迷惑電話じゃねーし!」

「ふふっ、私がお風呂に入ってて電話に出られなかったら五件くらい連続でかけてきたくせによく言うよ」

完全に迷惑電話じゃん、と笑えばサキはまだ反論してきた。

「あれはお前が風呂で溺《おぼ》れてねぇか心配になってかけてやったんだよ」

「はいはい、それはどうもありがとうございました」

これ以上、口論していてもラチが明かないのはもうわかりきっているから無理やり会話を終わらせた。

「今回のテストもよろしく」

「えっ⁉　琴音はいいの？」

「なんで？　アイツは関係ねぇじゃん」

なんの躊躇もなく言うからこの男は本当にずるい。

だって私がサキに勉強を教えることを知ったら、琴音は絶対に嫌な気持ちになる。

「でも……」

「今、俺はナツを頼ってんだから素直に応じろって。まったく素直じゃねぇよな」

サキが言っていることは何ひとつ間違っていない。

私は素直じゃないし、サキは素直すぎるくらい素直。

しかもバカだから、まっすぐで嘘がつけないんだよね……。

そんなサキに比べて私は嘘つきで、かわいげもない。

心の底から自分が嫌になる。

同時に、サキの素直さが羨ましかった。

複雑な気持ちを抱えたままサキに笑顔を向けた。

「サキはほんと素直すぎる」

「なんだよそれ」

「バカってこと」

「はあ？」

サキよりも一歩前に出て、くるりと一八〇度回転して彼のほうを向くと、以前よりもずいぶんとカッコよくなった彼が視界に入った。

「ねえ、サキ。私に無理してまで優しくしなくていいよ」

そして、こてん、と首をかしげて涙がこぼれ落ちてきそうなのを必死で堪えて笑う。

サキが悲しい顔しないように。

「は？　なに言ってんの」

訳がわからない、とでも言いたげな表情を浮かべているサキ。

「だから、もう私に優しくしないでいいよって」

優しくされるとどうしてもサキが欲しくなる。

琴音がサキを好きだとわかっているのに心は言うことを聞いてくれない。でも、いつか好きが溢れて君や大切な人をまた傷つけてしまうくらいなら突き放して好きを押し殺したほうがいい。

「別に無理なんてしてねーよ。つーか、俺、ナツにだけは気ぃつかってねぇから」

「何それ」

本当に、何よそれ。

特別感を味わわせないでよ。

「お前は何も気にしなくていい。俺は好きでお前といるんだから」

そう言いながらポンッと私の頭の上に手を置いた。

それはまるで陽だまりのように優しくて、これ以上何も言えなくなってしまった。

「……ありがと。そーさせてもらいます」

バカ。大バカ。

そんなこと軽く言わないでって、ちゃんと言わなきゃいけないのに……そんなに優しくされたら言えないよ。

私の心は単純だからすぐに期待しちゃうんだって。

琴音を裏切って、サキの彼女になんてなれるわけないのに。

「それでよし」

「あー、風が気持ちいい」

二人で桜並木の道を歩く。

都会の息苦しい空気じゃなく、ゆったりとした自然溢れる空気になんだか妙に安心してしまう。

ここなら誰にも何も言われない。私は自由になれる。

「ナツ、こっち向いて」

「へ？」

サキに言われるままに彼の方向を向くと大きい手が頭に伸びてきた。思わずぎゅっと目を瞑ると「小さな桜の葉がついてた。お前は何年たっても頭に花びらとか葉っぱとかつけるんだな」なんてふわり、と笑った。

その笑顔に落ちかけていたハートがズバッと見事に射抜かれてしまった。

「私は桜に好かれてるんだよ、きっと！」

「いや、ナツは夏のイメージだな」

「それは名前が夏葵だからでしょ」

「うん」

「テキトーだなあ」

まだうるさく高鳴る鼓動の音がサキにバレないように平然を装う。

「ナツにはテキトーでいいんだよ」

「はー？」

「マジで、懐かしいなあ。またこうやってナツと帰れるなんて思ってなかった」

うれしそうな、少し切なそうに笑ったサキの肩を私はポンッと叩いた。

「私がいないと寂しかった？」

そして、冗談っぽく言って笑顔を浮かべる。

勝手にいなくなったくせによく言うよ、そう言われてしまえばもう何も言えないけどね。

「当たり前だろ」

少しムスッとしたように言ったサキは、まるで小さな子どもみたいでかわいくてクスリと笑ってしまった。

冗談で言ったつもりだったのに、そんなに簡単に欲しい言葉を言ってくれるなんてうれしいな。

「ずっと一緒にいたんだから」

「そうだね。私も、寂しかったよ」

今くらいは素直になってもいいよね？

ずっと会いたくて会いたくて仕方なかった。

「こっち戻ってきて最初に会った時は突き放したくせに？」

「あ、あれはもうサキに嫌われたと思ってたから」

四年近くもたってひょっこり戻ってきた私のことなんて許してくれないと思っていたし、それならいっそ突き放してしまおうと思ったんだ。

「バーカ、俺がナツを嫌うわけねぇだろ」

「だって……！」

「いつかまた会えるって信じて待ってたんだからよ」

「よく戻ってきてくれたな」と言いながら私のほっぺをむにゅっとつまんだサキは、うれしそうに目を細めて優しくほほ笑んでいた。

どこまでも優しいサキに涙が出そうになった。サキは私が姿を消した理由も何も聞いてこない。

本当は知りたいはずなのに。

「ほんとはね、私もサキに会いたかったんだ」

こんなの今さら言うのはずるいかもしれない。

最初は、会いたくないなんて言って突き放したのに。

「マジ？」

「マジだよ。だからこうしてまた昔みたいに笑い合ってるのが夢みたい」

本当に夢なんじゃないかな、と疑ってしまいたくなるほど幸せで穏やかな気持ちで溢れている。

一方で、どこか琴音に後ろめたい気持ちがあるのも事実。

「俺もそれは思う。それにしてもナツが変わってなくてなんか安心」

「サキは変わったね。外見が。こんなにチャラくなりやがって〜〜」

そう言いながらサキの髪の毛をわしゃわしゃと撫でる。

「おい、やめろよ。つーか、そこはカッコよくなったって言えよ」

「はあ？　あんたはまだまだガキだわ」

「それならナツは幼児だな」

「じゃあ、サキは二歳児」

「俺のほうが生まれた時間早いだろ！」

「たかが一時間の違いじゃん！」

「一時間はデカいだろ！」

私たちは誕生日が一日違いだけど、サキは八月二十五日の午後十一時で私が八月二十六日の午前〇時くらいに生まれたのだ。

だから、日にちは違えど時間的に一時間ほどしか変わらないのだ。

「そんなに変わんない！」

「ほらほら、年上を敬え」

「はあ？　同い年ですけど？」

「そんなんだから彼氏と長続きしねーんだろ」

「うるさいな」

長続きしないのなんて、理由はひとつだよ。

サキが好きだから。それだけだ。

彼氏から求められることに応えられないから振られる。

サキへの恋は、忘れようとして忘れられるような恋じゃなかった。

この置いてきぼりの未完成の恋は、どこに向かい、どこに辿りつくのだろうか。

「あ、もうついた。ナツと過ごしてたらなんかあっという間だな」

気がつくともう私の家まで歩いていた。

話すのに夢中だったから、サキに買ってもらったサイダーはあまり減っていなくて、ぬるくなっていた。

「久しぶりに楽しかった」

「また明日な」

「うん、また明日ね」

自分の家に帰っていくサキの背中を目に焼きつける。

大丈夫、また明日も会える。

これでサヨナラじゃないから。

——だけど、あの愛おしい背中に後ろからぎゅっと抱きつけるのは私じゃない。

そう思うと、不思議と涙で視界が滲《にじ》み始め、サイダーのペットボトルをぎゅっと握りしめた。

「嫌いになれたらいいのに……っ」

絶対に嫌いになんかなれないことくらいわかっているけど、どこにぶつけていいのかわからない苦しさから無駄な願いをそっと吐き出し、それは薄暗い闇の中に虚しく消えていった。

Triphane《トリフェーン》

優しさ・寛大

この街にやってきてから二週間ほどがたった今日。

私たちの学校はテスト一週間前に突入した。

サキとの関係は相変わらずで、たまに話したりしているけど、お互い琴音が教室にいる時は、なんとなく気をつかって以前ほどは話していない。

だけど、必ずと言っていいほど毎日会話するのはラッキーアイテムの話。ちなみに昨日は消しゴムだった。

今日はなんだろうなあ……そんなことを考えながら学校までの道のりを歩く。

上靴に履き替えている時だった。琴音がたぶん先輩らしき女の人たち三人くらいに無理やり連れていかれているところを目撃してしまった。

どこに行くんだろう。こんなに朝早くから。

関係のないことだ、と言い聞かせようとしてもやっぱり心配で、私は彼女たちのあとを追った。

何をしているんだろう……こんなことをしても琴音への罪悪感が消えるはずもないのに。

辿りついたのは体育館裏。

私はこっそり隠れて彼女たちの声に耳を澄ます。

琴音が呼び出された理由はなんとなく想像がつく。

「あんたさ、もう咲都くんに付きまとわないでよ」

「付き合ってもないのに、彼女ヅラしないでくれる？」

きっと、サキのことを狙っている先輩たちなのかもしれない。琴音はただ俯《うつむ》いて何も言わない。

『早く言えよ。私は男たらしですってね』

つい、思い出したくもない記憶が脳裏に蘇る。

「……」

「黙ってないで早く……」

「あのー」

気づけば私は足を動かして体を彼女たちの前に出していた。

先輩たちの怪訝そうな表情は私が現れたことによって余計に深みを増し、一方で琴音はわかりやすいほど驚いた顔をしていた。

まあ、当たり前か。

「何よ」

「最近この学校に転入してきたばっかりで迷っちゃって……その子、同じクラスなんで案内してもらおうかと……」

言い訳にならないかな……。だけどそれくらいしか思いつかなかった。

当然、教室の場所くらい覚えているけど。

「はあ？　今、私ら忙しいから他の子に頼んでよ」

「んじゃあ、咲都くんに電話してここに来てもらおうっと」

『咲都くん』なんていつぶりに呼んだだろう、なんて思いながらスマホを取り出してアプリを開く。すると、サキに電話をかける一歩手前で先輩たちが「な、なんで咲都くんのこと知ってんの⁉」と焦った様子で尋ねてきた。

「私とサキは幼なじみなんで。サキはこういうことする人が一番嫌いだからやめておいたほうがいいですよ。それともやっぱりここにサキを呼びましょうか？」

「な、な……っ！　もういい！　行こ！」

顔から火が出そうなほど怒りながら先輩たちは去っていったので、ホッと胸を撫でおろしてスマホをポケットにしまって私も教室に向かおうと歩き出した。

「なんで……なんで助けたの」

後ろから震えている小さな声が聞こえてきた。

「……なんでだろうね。わかんない」

勝手に、勝手に体が動いていたんだ。

「私はこの前、あんなこと言ったのに」

「別に。あれは琴音の言うとおりだと思ってるよ。健吾からも聞いた……私がいなかった間、大変だったんだってね」

「夏葵はなんとも思わないの？　私に咲都を好きだって言われて」

思わないわけがない。

今すぐにでも私が想いを伝えたい、と思っているけど、琴音とサキは私にとってはとても大切な人たちだから素直に祝福してあげたい気持ちもないことはない。

そのふたつの気持ちが複雑に絡み合っているから、こんなにも葛藤しているんだ。

「……もし私がその問いに答えても何も変わんないじゃん」

「そうだね。今のことは咲都には言わないで……」

「わかった……先に教室に戻ってるね」

サキに言わないで、と言った琴音の気持ちはわかる。

こんなことを言ったらサキは何をしでかすかわからないし、きっと、琴音はサキに心配をかけたくないんだろう。

でも、琴音は苦しくないのだろうか。苦しみよりもサキのことが好きな気持ちのほうが上回っているからできることなのかな……。

「おはよー、ナツ」

教室につくともうサキが来ていて自分の席に座りながら私に手を振った。

「おはよ」

「なあ、今日の俺ら、八位だった」

「微妙。アイテムは？」

「水色のハンカチだってさ」

「待って、私、今日のハンカチ水色！」

興奮してポケットから取り出してサキに見せつけた。

「マジか！　俺なかったんだよねー。それ、俺に貸してくれてもいいんだぜ？」

「ダーメ」

「ケチだなー」

「嘘だよ、いつも貸してくれるから今日だけね」

そう言ってサキにハンカチを渡すとパァっと花が咲いたように笑った。

本当にサキを見ていると心が純粋になるような気がして仕方ないな。それくらい彼の心はキレイだ。

「さんきゅー、さすがナツ」

「大げさだなあ」

「これで俺、今日の体育は活躍できるわ」

「体育って男子は何するの？」

「バスケ」

「あっ……そうなんだ」

たぶん、女子もバスケだろうなぁ。

体育は二時間目。

やっぱり参加しないとまずいよな。

正直、バスケはもうしたくない。

理由は簡単、向こうでバスケをしていたころの気持ちを思い出すから。

「なんなら、授業が始まるまで久しぶりに1ON1でもする？」

「ほんとに言ってる？」

「おう」

「まあ、サキがどうしてもやりたいって言うならー」

「ほんっとひねくれてんな。やろーぜ」

笑いかけてきたサキに私も頷いてニコッとほほ笑み返した。

それなら、早く体操服に着替えなきゃね。

……サキとまたバスケができるなんて夢みたい。

「俺、先行ってるわ」

「はいよ」

一時間目が終わり、着がえ場所は男子が体育館で女子は教室なので、サキは先に体育館に向かった。

「……早く行かなきゃ」

ぽつり、と呟いた私の言葉は、女子たちの「髪の毛くくらなきゃ」とか「今日二日目なのにー」とかいう会話に消された。

そんな子たちを置いて、私は青い色の体操服に着替えて黒いゴムで肩まで伸びた色素の薄い髪の毛をひとつに束ねる。そしてロッカーから体育館シューズを取るとダッシュで体育館へと走った。

バスケはもうしたくない、と思っていたのに、自分でもどうしてこんなにも必死になっているのかわからない。

だけど、きっと一秒でも長くサキと一緒にいたいという気持ちが今の私を動かしているんだ。

体育館についてシューズに履き替え終わると、ダンダンッと懐かしい音が聞こえてきた。

ああ、なんて懐かしいんだろう。体がうずうずしてきた。

その瞬間、私は走り出してバスケコートの真ん中で何度もボールをつく茶色い髪色をした男の子——サキの元へ向かって後ろからシュッとボールを奪い取って彼の視界に入る位置に移動した。

驚いた顔をしていたサキの表情が私を見るなり一気に人懐っこい笑顔へと変わった。

「やっと来た。お前にしては早いんじゃね？」

その言葉の意味は、きっと以前の私はよくサキとの約束の時間に遅刻していたからだと思う。

本当はもっと早く行きたかったけど、いろいろと準備していたら遅刻してしまっていたことが多かった。

そのことも含めて意地悪っぽく笑ったサキにまた胸が熱くなった。

わかってるんだよ。サキと私はもう昔のようには戻れないってことくらい。

琴音を傷つけてしまうかもしれないことだって全部、全部わかってはいるんだけど、サキを目の前にしてしまうとどうしても歯止めがきかなくなる。

でも、きっとこれが私の本当の気持ちなんだろう。だって私はキレイな人間じゃないから優しくないし嫉妬だってたくさんする。

羨ましいと言ってひがむ。

今だって琴音とサキは付き合わないで、と本当は思っているのだから。

「でしょ？　時間がないから三点マッチね」

ダンッ、と一度だけバウンドさせてサキにボールを返す。

するとボールをキャッチしたサキが「おう」と返事をするかのようにダンダンッと音を立ててドリブルを始めた。

「手加減しねぇよ」

にやり、と笑うサキは前と何ひとつ変わっていない。

『お前にだけは本気でいくから』

そう言っていたのを思い出して懐かしく思う。

そんなサキに私も笑顔を浮かべて「サキらしいね」と返した。

絡み合う視線、ボールをつく音、すべてが私の全身を通う血を湧き立たせる。

サキがドリブルしているボールを見つめながら、体育館の床を蹴ってボールを奪いに行く。

だけど、それをステップインでかわされてすり抜けていった。

やっぱり、うまい。素直にそう思った。

当たり前かもしれないけど、中学のころよりもずっとずっとうまくなっている。

私も負けていられない。

そう思い、すぐに再びボールを奪いに行くけど何度もすんなりとかわされる。

体育館には私とサキの靴が床と擦れてキュッ、キュッ、と甲高い音を響かせている。

その中で着替え終わった人たちが体育館に来て、私たちを見ながらひそひそと話している。

だけど、そんな声は私の耳には一切入ってこない。

それくらい夢中でサキがドリブルしているボールを追いかけて、奪い取ろうとしていた。

だけど、フリースローラインあたりでサキがゴールに向かってシュートを放ったけれど、ボールが高くなりすぎる前に私は右手を前に出してボールをカット。

ダンダンッ、と行き場をなくしたボールが体育館の床に転がる。

「くそー、あとちょっとだったのに」

「危ない危ない。よし今度は私がオフェンスね」

「はいよ」

渡されたボールを受け取り、今度は私が攻める。

ボールをカットしようとしてくるサキをかわすけど、動きがすばやくて正直負ける気しかしない。

さすが、現役バスケ部員。

さらに私よりも身長が高いからシュートを打とうにも打てない。

どうしようかと迷っていた隙にパン、と持っていたボールをカットされてしまった。

「あー、もう」

私が膨れた顔をするとサキがにやり、と斜めに口角を上げて白い歯を覗かせた。

「お前らーそろそろ集合だー」

先生の合図で私たちは肩の力をストンと落とした。

まだ一点も決められてないのに……。

「続きはまた今度な」

「え、あっ、うん」

「それにしてもちょっと腕落ちたんじゃね?」

「あのね、現役じゃないんだから仕方ないじゃん」

「まあな。でも相変わらずうまいのは変わんなかったよ」

サキにそう言われるとどうしようもなく心が躍って制御がきかなくなる。ダメだってわかっているのに。

「当たり前じゃん。私を誰だと思ってるの?」

「おバカなナツちゃん」

「おバカは余計」

私がすかさずツッコミを入れるとサキは心底楽しそうにハハッと笑い、ボールをかごの中に戻した。

そして、授業が始まって女子と男子で分かれてバスケをすることになった。

「ほんとさ、夏葵と立花くんって仲いいよね」

「そうかな？　四年のブランクあるよ」

中学まで一緒だった子も含めたクラスメイトの女の子たちが、さっきの私たちのやりとりを見ていたのか話しかけてきた。

「正直、彼女ヅラしてる琴音よりもお似合いだよね」

そう言ったのは、高校で初めて知り合った子だった。

どうして琴音はこんなにも嫌がられているのかな。

朝の先輩にしてもみんなそんなにサキと琴音の関係が気に入らないの？

私だって、二人の関係が気に入っているわけではないけどそこまで嫌いになるわけでもない。

嫉妬で嫌がらせをするほど私の心は腐っていない。

「不釣り合いなんだから、諦《あきら》めればいいのに」

「まあ、外野の私たちが口出しすることじゃないよ」

琴音のことだ。またどうせ一人で抱え込んで苦しんでいるんだろう。

私が助け舟を出したところで、彼女は私のことをよく思っていないのから拒否されることもなんとなく予想がつく。

ふと横目で琴音のほうを見てみると悲しそうな瞳でこちらを見ていた。

しょせん私とサキが並んで歩いても琴音とサキが並んで歩いても、たいした違いはない。

いい気味だ——なんて思うはずがない。

その言葉を聞いた時、琴音が視線を下げて唇をぎゅっと噛みしめた。

「辰巳さんのほうがお似合い！」


「不釣り合いとかそういうのじゃなくて、結局は二人の気持ちが大切なんだよ」

私が素直に思ったことを言うと、女子たちはバツの悪そうな顔を見せたあとに愛想笑いをしてから「そうだよね」と言って去っていった。

あーあ、また裏でグチグチ言われているんだろうな。まあ別に気にしていないけど。

女の子は嫌なことがあるとすぐ愚痴る。

それは私だって同じ。以前はイライラしたり、ムカついたことがあるといつも琴音に共感を求めて愚痴を吐いていた。

だけどそれも今ではできない。

琴音は愚痴のはけ口があるのかな。

「……ねえ、夏葵」

声をかけてきたのは琴音だった。

なんで声なんてかけてくるんだろう。顔に『気まずいです』と書いてあるのに。

「何?」

さっきのバスケのことを言われるのかな。また近づくなって言われるのかな。

なんて言われるのかドキドキしながら返事をすると琴音がゆっくりと口を開いた。

「本当に向こうでバスケしてなかったの?」

予想していなかった問いに戸惑いを隠すことができずに一瞬黙り込んでしまった。

「してなかったよ」

怪しまれないように平然を装いながら言った。

「そうなんだ」

「うん」

「さっき……なんで言わなかったの? 不釣り合いだから咲都に近づくなって。本当はそう思ってるんでしょ?」

ああ、琴音が聞きたかったのはバスケのことじゃなくてこのことだったんだ。

「それは私に不釣り合いだって言ってほしいの?」

なんでそんなに自分のことを下に見るんだろう。

もっと自信を持てばいいのに。

まわりに流されて、自信をなくして自暴自棄になるくらいならサキに近づかなければいいのに。

いつかそれはサキを傷つけて自分自身も傷つけるんだから。

そんなイライラが徐々に募っていく。

「そんなこと……」

「サキのこと好きなんでしょ？　だったら、もっと自信持って胸張ってサキの隣にいなよ。誰がなんと言おうとあんたはサキのことが好きなんだから」

私はなんでこんなことを口走っているんだろう。

サキのことを諦めてくれたらいいのに、そう思っていたはずなのに相手が琴音だと強く言うことができない。

仮にも親友だと呼べる相手だったからかもしれない。いや、それだけじゃない。

きっと自分はサキを手に入れられないから。

どんなに手を伸ばしても、死にもの狂いで掴もうとしても、もうすでに他の人の手を握ろうとしてしまっているサキには届かないんだ。

だからこんなにもイライラするんだ。手に入れられそうなのに弱気になられると無性にムカつく。

こんなことでムカついているなんて私は小さい子どものようだなぁ。

欲しいおもちゃが手に入らなくて、でも友達は手に入れていて、なのにその子はそのおもちゃを心から楽しいと思って遊べていない。そんな感覚だ。

できることなら私が奪ってしまいたいくらいだ。

「……なんか、夏葵っていつまでも変わらないね」

「え？」

「昔から私のことを助けてくれる」

なんとも言えないような表情を浮かべてぎこちなく笑った琴音。

きっと彼女の心の内も私と同じように複雑なんだろうな。

私たちは一年半ほどしか一緒にいなかったといっても、お互いをさらけ出した中なのだから良心が痛まないはずがない。

かといって、すべてを諦《あきら》めてまで繋《つな》ぎたい止めたい、とも言えないので純粋でキレイな関係ではないのかもしれない。

「そうかな？　もう忘れちゃった」

忘れてはいないけど、忘れたフリをするのが一番いい。お互いにとって思い出すのは辛いだけなのだから。

それは、もう昔のようには戻れないことがわかっているから。

「うん……朝のことだって……」

「あれはいいってば。ていうか、私バスケしてくるから」

このまま琴音と話していてもどこか心がむずがゆくていい心地はしないので、逃げるようにそう言い残して、ダンダンと音を立てながらゴールに向かって走った。

サキも健吾も琴音も、みんな何も知らなくていい。

私が都会でどう過ごしていたのかなんて、みんなには関係のないことだから。

私の放ったボールはキレイに弧を描いてゴールへと飛んでいったけど、ゴールリングに嫌われた私のボールはリングに当たり、ガタンと無残な音を立ててダーンダンッと床にバウンドした。それは今の私のように思えた。

「あっ……」

心のどこかに黒い塊を抱えたままぽつり、と静かに呟いた。

いくら春だといっても体育館は蒸し暑い。

むせるような暑さが体中から汗を流させる。

ふと、視線をサキのほうに向けてみると、楽しそうに巧みにボールを操り、体を回転させながら相手を華麗にかわしていく。それは一瞬、まるで魔法にかけられているかのように思える。

やっぱり……サキはすごい。

サキならきっと全国大会に出場できたんだろうな……でも、中2の時の全国大会では会わなかった。本当にずっとバスケをやっていたのかな?

シュートを決めたサキと目が合った。すると彼は何を思ったのか白い歯を見せて私に最高のVサインを向けた。

無意識に私もVサインを返していた。

私はいったい……何をしているんだろう。

どうしたらサキのことを考えなくて済むんだろう。どうしたら琴音を傷つけずにいられるんだろう。

わからない。わからないよ。


体育の授業が終わり、みんなが教室へ戻っていく。

琴音も友達がいないわけではないので、クラスの仲のいい子と歩いているところが視界に入った。

はあ、なんで私がこんなにも重苦しい気持ちを抱えていなきゃいけないの。

そんなことを思いながら、ゾロゾロと帰っていく女子たちと三歩分ほど距離を置いて歩く。

『いつかお互い全国大会に行こうな』

『そうだね。そのためにいっぱい頑張らなきゃ』

『指切りげんまん』

小指を絡み合わせ、約束を交わした。

ふと、果たされなかった思い出が頭の中に蘇った。

でもサキは、いなかった。その夢の舞台に。

あー……もうこのことは忘れよう。

しょせん、約束だし……バスケは個人競技じゃないし。

そんな約束を覚えていたのは私だけだったんだよ。

虚しい思い出だけを残した小指をジッと見つめる。

ダメダメ……!

思い出に浸りすぎるのはよくない。

そうわかっている。でも、大げさだけどこの街のすべてが私とサキの思い出なんだ。


「もうすぐテストなんだから勉強しておくように。以上」

ホームルームが終わり、家に帰った私は部屋にいた。だけど、一人で部屋にいるのではなく、サキが隣にいる。

なんでサキがそんなところにいるかというと……。

「モノマネしてる場合じゃないって」

担任のモノマネをしながら調子に乗っているサキのせい。

サキが『俺に勉強教えてくれ……! 頼む!』とわざわざ家にまで押しかけてきて

頼んできたので、断りきれなかった。

「似てるだろ？」

「クオリティ低い」

「んじゃあ、ナツのモノマネするわ」

「はあ？」

口をピュッと尖らせて、コテンと首をかしげて高い声を出したサキ。

「もお～サキのバカ！　全然似てないから‼」

「そんなムキになんなって」

そう言いながらお腹を抱えてケタケタと笑うサキ。

「あー、もう教えないでおこっかな」

「すいませんでした！　もうしませんから僕に勉強を教えてください。ナツ様」

手を合わせて必死に謝ってくるサキを見て、プッと噴き出してしまった。相変らず単純だなぁ。

「仕方ないなあ」

「さすが、ナツ」

「ほんと調子いいんだから。ほら、勉強するよ」

久しぶりに見たサキの私服は黒いVネックのTシャツにグレーのラフなパンツ。

家にいきなり来るなんて、本当に何を考えているのかさっぱりわからない。

「うーん、なんだこれ。まったくわからんぞ」

五分ほどワークと見つめ合っているサキ。

ちなみに一問も解けていない。

——コンコンッ。

「なっちゃん、咲都くん。おいしいイチゴがあるから食べて」

そう言って、おばあちゃんがイチゴが入れられたお皿をおぼんの上に載せながら部屋まで持ってきてくれた。

「おー！　ばあちゃんありがと！」

「おばあちゃんってば、そんなのよかったのに〜。でも、ありがとう」

私がそう言って笑うと、おばあちゃんが優しいまなざしで私を見つめていた。

きっと、おばあちゃんには私の気持ちが見抜かれている。

いつもおばあちゃんとおじいちゃんは味方をしてくれる。

いきなりここに戻りたいと言ったのに文句ひとつ言わずに受け入れてくれた。

「テスト勉強、頑張りなさいね」

それだけ言うとおばあちゃんは部屋から出ていった。

「いただきまーす！」

「こら！　まだダメ！」

イチゴを取ろうとしたサキの手をパシッと叩いた。

すると、膨れた顔をしたサキがこちらを向いた。

「このページが終わってから」

「ケチだなー」

「だってサキは、ご褒美がないと頑張らないタイプじゃん」

「よくご存知で。ほんとお前には敵わねえな」

何を言ってるんだか。

敵わないのは私だって同じ。

「口じゃなくて手を動かすの！」

そう言いながら私もシャーペンを動かす。

うるさく高鳴る鼓動に静まれ……静まれ……と心の中で唱えながら。

それから十五分後。

隣にいたサキが「っしゃー！　終わった！」と声を上げた。

「イチゴ！　イチゴ！」

「はいはい。どうぞ」

イチゴの入ったお皿をサキの前に持っていく。

お互い手に取り、パクッとイチゴを口に運ぶ。

「「うんまあ〜〜！」」

「ハモるとか、俺たち仲いいな」

「いや、なんの仲よし」

「俺ら仲いいじゃん」

キラキラと眩しい笑顔を浮かべられると何も言えない。

ハモるのは昔からよくあったけど、高校になってもそうなるとは思ってなかったし。

「そう思ってるの、サキだけかもよ」

なんて、こんなこと言ったってサキはなんとも思わないのにね。

「そうか？」

そうだった。こいつはマヌケでバカだった。

私はサキのどこがいいんだろう。

どこがこんなに夢中させるんだろう。

いや、そんなの考えていてもきっと一生わからない。

というより、わからなくたって好きなのには変わりはないんだからそれでいいんだと思う。

どこが好きとか答えられなくても、その人を大切にしたいと思えることがもう好きだということなのだ。

「つーか、仲いいとかどーでもいいんだって。俺はお前といられたらそれでいいわ」

なんなんだ、こいつは……！

その口を縫ってやりたい気分！

「そうだね」

こういう時は話を流すのが一番。

「思ってないだろー」

「無駄口叩いてないで、勉強！　勉強！」

サキは私のことをなんとも思っていないからこんな急に家にまで来て、二人きりで勉強ができるんだよ。

私はこんなにもドキドキしてたまらないというのに。

本当にムカつく奴。

私の気持ちなんて何も知らないくせに。

今、私が好きだと言ったらどんな顔するかな？

きっと眉を八の字にして困った顔をするんだろうなあ。

それから二時間ほど二人でみっちりと勉強をして、サキは満足そうな顔をして帰っていった。

迷惑な奴……そう思いながらも幸せな時間だったと思ってしまっている。


「なっちゃーん、ご飯だよ」

一階からおばあちゃんがご飯ができたと知らせてくれた。

シャーペンを置き、階段を降りておばあちゃんとおじいちゃんが待つリビングに向かった。

「なっちゃん、なんか楽しそうだな」

ご飯を食べているとおじいちゃんがうれしそうに言った。

「そうかな？」

「うん。ここに戻ってきたころより笑顔がかわいくなってるよ」

「えっ？」

「咲都くんのおかげなのかな」

おばあちゃんが優しい声色で言ったので、恥ずかしくて視線を下げた。

「な、なんでサキなの！」

「ふふっ……やっぱり二人は仲いいわね」

「そうだなあ。咲都くんは優しいからな」

二人はサキのことで盛り上がっている。

そりゃあ、サキといると自然と笑っていられるけど……サキにはちゃんと好きな人がいるもん。それは私じゃない。

「も〜、やめてよ。そんなんじゃないから！」

私が否定しても二人は優しくほほ笑んでいるだけ。

だけど、不思議と嫌な気持ちにはならなかった。

それほど、二人の私を見るまなざしが優しかったからだ。

ご飯を食べ終わってお風呂にも入り、ベッドでゴロゴロしているとスマホのバイブレーションが鳴った。

画面を見ると、電話をかけてきたのはサキだった。

「また迷惑電話」

ぽつり、と言葉をこぼしながらも対応のボタンを押してスマホを耳に当てた。

『あ、俺俺』

「オレオレ詐欺は結構ですー」

そう言って切ろうとすると、電話越しのサキが慌てた声で『俺俺！　咲都‼』と言ってきた。

「わかってるってば」

クスッと笑うとサキが『んだよー』と少し不機嫌そうに言った。

「また迷惑電話ですか？」

『だから迷惑電話なんかじゃねぇって！　お前がちゃんと勉強してるか確認のための電話だ』

「私はちゃんとしてるから切りまーす」

『おいおい！　それはないだろ』

「そういうあんたはちゃんとしてるんでしょうね」

『当ったり前！　任しといて！』

「あー、いつもそう言って桁外《けたはず》れな点数を取る人は誰だったっけな」

いつも余裕そうにしておきながら、テストを受けると私が教えた教科以外は壊滅的なのだ。

私がいない間はどうしていたんだろう。

『誰だろうなあ』

「立花咲都とかいう人なんだけどなあ～」

『それ俺じゃねぇか！』

すかさずツッコミを入れてくるあたり……私とサキの仲だなあ、と思う。

いつもこんなくだらないやりとりをしていたな。

「わかってんじゃん」

『あー、ナツが戻ってきてくれてよかったわあ』

「なに急に」

『なんとなく今、改めてそう思った』

その声はどこか真剣で胸に響いた。本当にそう思ってくれているんだとちゃんとわかったよ。

「私がいない間、テストどーしてたの？」

『琴音に教えてもらってた』

そっか……そうだよね。

だったら、なんで今回も琴音に頼まなかったの？

「今回も琴音に頼めばよかったのに」

ひねくれた言い方になってしまったのは琴音にヤキモチを焼いているから。

『別にナツでもいいじゃん』

はあ……こいつの鈍感さには本当にため息しか出ないや。

「ほんと能天気っていうか……」

『つーか、俺はナツがいいんだよ』

思わぬ言葉にトクン、と鼓動が大きく高鳴った。

「……」

思いがけない言葉に、私は言葉を失う。

するると、遠慮がちな口調でサキが話し始めた。

『なあ、お前って男女の友情って成立すると思う？』

いきなり、いつになく真剣な声で尋ねてきた。

どうしてそんなことを聞くのかな？

「私は、すると思う」

『そっか。俺もすると思う』

「でも、成立しないかもしれないよね。だって、人が人を好きになる理由なんてそれぞれ違うし、人が恋に落ちる瞬間なんて誰にもわからないんだよ。きっと、神様でもわからない」

この人のここが好きとか、こんなふうにされたから好きになったとか、そんなの人それぞれで、恋に落ちるのは一瞬だから神様さえ見逃してしまうだろうから。

『お前ってほんとなんか、いいよな』

「え？」

『俺、お前のそういうところわりと好き』

好き――なんて簡単に言わないで。

今、私がどれだけこの胸を高鳴らせているのか知らないくせに。

「それはありがとうございます」

『そうだもんなー、人が恋に落ちる瞬間はその人にしかわからないもんなあ』

「たぶんね。ときどき本人すら落ちたことに気づいていない時あるし」

私だってそうだったもん。

知らない間に恋に落ちて気づいたのは少ししてからだった。

もし、あのころに私が告白していれば今サキの隣にいたのは私だったのかな。

『もし、俺がお前のこと好きだって言ったら……どうする？』

突然の発言に言葉を失った。

どうしてそんなこと私に聞くの？

もしもの話だとわかっているんだけど、一度高鳴ってしまった鼓動はなかなか静まらずに一定のリズムを刻んでいる。

「なに言ってんのー」

私も好きだよ、と今すぐ言葉にできたならどれだけよかったんだろう。

でも、この関係を壊すことができなくてずっと後回しにしてきた。

だから人に取られちゃうんだよ。

全部自分が悪いのに憎くて醜い黒い塊ばかりが溜まっていく。

『もしもの話だよ。本気にすんなよ？』

「わかってるって」

いっそ、バカなフリをして本気にしてしまいたかったよ。

『んで、どうする？』

「バカじゃない？　って言う」

本当に伝えたいことほど口にできなくて、代わりに伝えたくないことが口に出る。

『ひっでえな』

ハハ、と少し傷ついたようにから笑いをしたサキ。

なんでそんな悲しそうなの？　本気じゃないんでしょ？　なのにどうして？

全然、わからない。

「ていうか、サキが電話かけてきたせいで全然勉強できないんですけどー」

うまく話を逸らせたかな？

もうこれ以上、サキに踏み込みたくない。

『俺のせいかよ』

「そう、俺のせいだよ」

『んじゃあ、お詫《わ》びにちゃんとお前が勉強できるように俺が呪文《じゅもん》唱えてやる』

「わー、悪魔の呪文だ」

呪文なんて小学生なの？と言いたくなるけど、たぶん私とサキはいつもそんな感じ。

ふざけるところはとことんふざけて小学生レベルのことをするけど、普段はちゃんと高校生。

『ガ、ン、バ、レ』

「ワレワレハウチュウジン……みたいな声で言わないでよ」

思わず、噴き出してしまった。

だけど、どんな人の言葉よりもサキのたった一言だけでこんなにも力が漲《みなぎ》ってくるのだから好きな人の力は改めてすごいと感じた。

『やる気、出ただろ?』

「まあね」

『さあー、俺は寝ようかな』

「テストどうなっても知らないよ」

『ナツも勉強ばっかしすぎて体壊すなよ』

こんなに小さな気づかいでもときめいてしまう私の心は本当に単純。自分でも呆れてしまうほどに。

「わかってるよ」

『んじゃあ、おやすみ』

「ん、おやすみ」

もう切れてしまうのか……名残惜しいな。

もう少しだけ、サキの声を聞いていたい。ひとり占めしていたい。

そんな気持ちを抱えているからなのか、なかなか電話を切ることができない。

それになぜかサキも切ろうとしない。

どちらからとも切れない電話は三十秒、一分と時間を紡いでいく。

『はあー、なんで切っちまったんだろう』

今にも切なげな消え入りそうな声が電話から聞こえてきた。

もしかしてサキってば、切ったつもりでいる？

きっと、切れていると勘違いしているんだ。

『せっかく近づけたのにな……』

ひとり言だとわかっているけど、どうしようもなく胸が締めつけられる。

ますます、サキのことがわからないよ。

琴音は……？

私はこれ以上聞いているときっと泣いてしまうと思ったから、意を決して電話を切った。

ねえ、サキは……誰を想っているの？

【咲都side】


「はあ、緊張で手が震えるとか情けねぇな」

ナツとの電話が終わり、少し小刻みに震えている手を見つめて呟いた。

久しぶりに電話したからなのか、まだ鼓動が早鐘を打っている。

やっぱりナツと話していると落ちつくし、居心地がいいし、バスケをした時だって少し動きが鈍くなっていたけどうまいのは変わっていなかった。

また、ナツとバスケができるなんて思っていなかったから、本当に心の底からうれしかったんだ。

ナツという存在のおかげで、俺の毎日は瞬く間に輝き始めたような気がするけど、そのぶん気持ちも膨らんでいく。

四年近く会っていなかったけど、そんな俺たちの距離は徐々に縮まってきているように感じる。

だからこそ、自分の気持ちにブレーキがかけられなくなってきている。

それにナツに聞きたいことだって山ほどある。

『あの日、なんで待ち合わせに来なかった？』

本当はナツの家で勉強会をした時に聞くつもりだった。

だけど、いざ本人を前にすると言葉が出てこなかった。

だから、顔を見なくてもいい電話で聞こうとしたけどやっぱり無理だった。

聞いたことによって、せっかく縮まった距離がまた離れていってしまうんじゃないかと思ったらどうしても聞けなかったんだ。

あの日……俺はナツに告白するつもりだった。

学校が終わって、あの海でずっと待っていてもナツは一向に姿を現さなかった。

いつも約束は守っていたナツが破るなんて信じられなかった。

それに追い打ちをかけるかのように、次の日からナツは俺の前から消えた。

スマホも解約されていて、ばあちゃんに聞けばナツから『みんなに連絡先は教えないで』と言われている……と。

その数日前から、ナツが俺の前からいなくなってしまうんじゃないかと感じていた。

ナツの態度が少しよそよそしかったことに気づいていたのに俺は何もできなかった。

ナツがいなくなって悲しみに暮れていた俺を支えてくれたのが琴音と健吾だった。

二人もナツのことを心配していたけど、いなくなった理由も知らなかった。

そんな中、約四年という月日がたち、ナツはこっちに戻ってきた。

でも、ナツに都会での生活を聞いても何ひとつ、頑《かたく》なに話そうとはしない。

俺が何を聞いてもうまくはぐらかされてしまう。

昔はもっと俺に心を開いてくれたのに。

「俺、そんなに頼りねぇかな……」

ぽつり、と呟いた弱音は静かな部屋の中に消えていった。

いったい、向こうで何があったっていうんだよ。

それを知らないからどうすることもできない。

話を聞いてやることくらいしかできないのに、ナツが話そうとしないからどうすることもできない。

結局、俺はナツの力になってやることはできないんだろうか。

ナツはいつだって俺の力になってくれたのに。

何がナツの心を閉ざしてしまったんだろう。

『ほんとはね、私もサキに会いたかったんだ』

ナツのその言葉が本心から出たものなのかどうかはわからないけど、単純にうれしかった。

ナツが俺に会いたいと少しでも思ってくれていたことが。

高鳴った鼓動の音を聞いて、俺はまだナツのことが好きなのだと実感した。

やっぱりナツはナツのままで俺はそんなナツのことが好きなのだ。

でも、ずっと支えてくれた琴音の気持ちを知っていて冷たくできない。

だから、今さらナツに……なんて無理だ。

そんなモヤモヤを抱えて考えていると知らぬ間に時がすぎていて、眠りについたのは夜中の三時だった。

どんなに寝不足でも朝は来る。

学校に行ったらナツのことは考えないようにしようと思っていたのに、いざ授業が始まると無意識にナツのほうを見てしまっている自分がいた。

肝心の授業なんて聞きもしないで、ただナツのキレイな横顔を頬杖をつきながら見とれていた。

相変わらず、キレイな顔してんなあ。今、何を考えてんのかなあ。

なんて、いろいろと思いながらシャーペンを握り、ノートの端にナツの横顔をこっそりと落書きする。

絵はまだ得意なほうだからマシに描けていると思っている。

やっぱり、ちょっと大人っぽくなったな。

でも、考え込む時に髪の毛を耳にかける仕草とかは変わってないみたいだ。

そんな仕草に、いまだに俺の鼓動はうるさく高鳴っている。

ナツは……中一の夏、どんな気持ちで俺の前からいなくなったんだろう。

あの時、もしも俺が関係が壊れるのを怖がらずにもっとナツの心に寄り添っていたら、何か変わっていたんだろうか。

そんなこと考えたって、過去に戻れるわけでもない。

ノートに描かれたナツの横顔が俺の気持ちとは裏腹に穏やかな優しい顔をしていた。

結局、モヤモヤは晴れるどころかもっと深まってしまった。

そしてモヤモヤを抱えたまま、琴音と帰る時間になってしまった。


今日は、琴音の買い物に付き合うことになっていた。

「ねえ、咲都」

「ん?」

「これ、どう思う?」

かわいらしく首をかしげながら、アクセサリーを手に尋ねてくる琴音。

そんな琴音を見て、俺は琴音に何度助けられてきたのだろう……と考える。

ナツがいなくなって、正気を保つことができなくて女という女と遊びまくって、髪の毛は明るい茶色に染めて、ピアスまで開けて、完全に自分を失っていた。

そんな時、琴音と健吾が俺を叱ってくれて徐々に心は俺に戻ってきた。

ピアスと髪色はそのままだけど。

それからしばらくして女と遊ぶのをやめて、部活にも復帰したんだ。

そんなことをぼんやりと頭の中で思い出しながら歩いていた。

「あー、もうすぐテストだね」

「そうだな。琴音はまた英語だけ欠点じゃね？」

なんて冗談交じりに言うと、琴音が俺の肩をペシッと軽く叩いた。

琴音は賢いのに英語だけは異常にできなくて、毎回英語だけ苦戦している。

「ちゃんと勉強してます！　ていうか、咲都こそどうなの？　今回は私に頼ってきてないけど？」

「まあ、俺は完璧《かんぺき》だな」

「嘘だ！　だって、咲都、自分で勉強しないじゃん！」

「俺もやる時はやるんだって」

琴音がナツを避けているのは知っているので、さすがにナツに教えてもらってるなんて言ったら琴音もいい気はしないだろうと思い、言わなかった。

「ほんとに〜？」

「マジだって」

「それならいいけど、夏休み補習とかやめてね？」

少し心配そうに言った琴音。

「なんで？」

俺が補習になったら、琴音に不都合なことでもあるんだろうか。

「だってさ……夏休み遊べる回数減っちゃうじゃん！」

恥ずかしいのかモジモジしながら言った琴音。

ナツだったらこういう時、

『追試の勉強に付き合わされるのはごめんだから』

とか言いそうだな。

言っているところも想像できるわ。

本当にナツと琴音は正反対だ。

琴音はいつも比較的素直なほうで泣き虫で女の子らしいけど、ナツはすぐに意地を張って強がるし人前で泣いたところなんて見たことがない。

でもナツは、ああ見えてかわいいところもあるし、すげー優しいんだ。

人の痛みに寄り添い、癒してくれるような女の子だ。

正直、素直なナツはかわいくて確実に心を鷲掴みにされる。

いつもは素直じゃないからこそ、そう思えるんだと思う。

「……って、咲都ってば聞いてる？」

琴音が俺の顔を覗き込み、キレイな瞳と視線が絡み合う。

やべぇ……気づいたらナツのこと考えてて琴音の話を全然聞いてなかった。

ナツのことは過去のことにしねぇといけねぇのに、心と頭が言うことを聞いてくれない。

「わりぃ、テストが心配になってた。ほら、行きたいクレープ屋があるんだろ？　早く行こうぜ」

ナツのことをいったん頭の中から消し去ろうと話題を変えた。

「そうだね！　勉強の息抜きだぁ」

そう言って、うれしそうに笑う琴音の笑顔につられて俺も笑った。

きっと、こんな毎日が幸せというんだろうな。

俺は恵まれている。

いつも俺の話を聞いてくれて、なんだかんだ言って一緒にいてくれる健吾や、こんな俺をずっと支えてくれて好きになってくれた琴音がいるんだから。

でも、何か物足りなさを感じているのは、きっと君が隣にいないからだろう。

それだけ君……ナツは、俺の中でとても大きな存在なんだ。


「咲都は何にする？」

クレープ屋について、どんなクレープにするか琴音に尋ねられた。

「んー……」

メニューを見ながらどれにしようか悩む。

その時に目に入ったのは【イチゴたっぷりカスタードアイスクレープ】という文字。

ナツの好きなものばっかりじゃねぇか。

ここにナツがいたら、秒速でこれを頼むんだろうな。

またいつか連れてきてやろう。

……って、俺またアイツのこと考えてんじゃん。

どうしたら俺の頭の中から消えてくれんの？

「俺これにするわ」

「え、咲都がバナナをチョイスするなんて珍しいね」

「まあ、たまにはな」

結局、俺が選んだのは〝チョコブラウニー&バナナクレープ〟だ。

ナツが嫌いなバナナを選んだのは俺の心の中での小さな抵抗だった。

いつもなら、ナツが嫌いなものは選ばない。

というか、無意識にそれを避けているんだ。

ナツが俺の頼んだものも食べられるように。

「私はこれにする！」

「ん。了解」

「すみません。チョコブラウニー&バナナクレープひとつと、キャラメルホイップひとつください」

お互い注文するものが決まり店員に声をかけた。

「かしこまりました」

それから少ししてクレープができあがり、店員からクレープをふたつ受け取り、ベンチで座って待っている琴音のところに向かう。

「お待たせ」

そう言いながら、クレープを渡す。

「ありがと！　すごいおいしそうだね」

「だな」

横でおいしそうにクレープを頬張っている琴音の横に座り、俺もかぶりついた。

「咲都は優しいね」

急にどこか遠くを眺めながら呟いた琴音。

「んなことねぇよ」

「優しいよ」

「琴音のほうが優しいだろ」

はたから見たらバカカップルみたいに見えるのだろうか。

でも、マジで琴音は優しいと思っている。

クレープを食べるたびに口の中に広がるバナナの味。

だけど、食べていくうちになんだか虚しくなってきた。

アイツの嫌いなものを食べたところでこの気持ちが消えるわけでも、嫌いになれるわけでもねえのに俺は本当にバカだな。

どうやったってナツのことを忘れることなんてできないことは自分が一番わかっているのに、まだ忘れる方法を探している。

こんなんじゃあ、いつまでたっても琴音の気持ちと真正面から向き合えない。

「全然優しくなんてないよ……心の中は真っ黒だし。でもさ、ほんと夏葵はいつまでも変わらず優しいよね」

まさか、琴音の口からナツの名前が出てくるなんて思ってもいなかったから一瞬動揺してしまった。

琴音の表情はとても穏やかで本心から言っているのだとわかる。

なんだかんだいって、ナツと琴音も仲よかったしな。

「そうだな。アイツは優しすぎるくらいだよ。たまに神様みたいに思えるし」

「ふふっ、何それ」

少しふざけて言うと琴音はクスリと笑った。

琴音はナツのことをどう思っているのだろうか。

ナツがこっちに帰ってきてから、二人が仲よさそうに話しているところは見たことがないし。

話していても雰囲気から重い感じがしていたし。

「まあ、戻ってきてくれてよかったよな」

「そうだね」

ぎこちなく笑った琴音の反応を見て、やっぱりどこかナツのことを許せていないのかもしれないと思った。

正直、ナツにたくさん傷つけられたというか、裏切られて腹が立たなかったと言えば嘘になる。

だけど、それでも結局俺は嫌いになれず、忘れられないまま月日が流れてしまった。

ナツを責めることなんて俺にはできなかった。

俺がもっと君の心に寄り添ってあげられていたら、もっと、早くにこの気持ちを伝えられていたら何か変わっていたのだろうか。

Apatite《アパタイト》

優しい誘惑

「はい、終了。ペンを置いて」

テストの終わりを告げる先生の声の合図を聞いた教室は、長いテストが終わったことによる喜びの声に包まれた。

「よっしゃー！」

出席番号が前のサキも、うれしそうに歓喜の声を上げていた。

昔なら『ナツ！　今日の放課後あけとけ！』ってキラキラの笑顔を私に向けてくれたよね。

なーんて、そんなの覚えているのは私だけ。

一人で、あの海へ行ってみようかな。

ホームルームが終わり、私も帰る人たちの群れの中であの海を目指して歩いていた。

自転車は持っていないから徒歩で行くしかない。

いつもは……サキが後ろに乗せてくれていたから。

コツコツと音を立てるローファーの音を耳にしながら、懐かしい切ない記憶に胸を痛めていた。

思い出にすがって、しがみついている私はバカなんだろうか。

「……遠いなあ」

ポツリ、と呟いた言葉は、誰の耳にも入ることなくちっぽけな世界に消えていった。

サキは今、何をしているのだろう。

この道ってこんなに遠かったかな。

いや、きっといつもはサキと一緒だったから、楽しすぎてあっという間に時間が過ぎていたのだろう。

海に行く前に駄菓子屋さんでラムネを買った。

今日は何も考えず、ただ思い出に浸ろう。

泣いてもいい。

何度思い出して辛くなってもいい。

それがきっと私だけの恋なんだから。

苦しくても辛くても嫌いになれないなら、それはもう好きだと心が言っているのだと思う。

しばらく歩いて、視界いっぱいに広がる澄み渡る青に思わず息をのんだ。太陽の光で反射してキラキラと宝石のように輝いていた。

「……キレイだなぁ」

いつも二人で並んで座っていた堤防に腰をおろす。

堤防がやけに広く感じるのは隣が空いているからだろう。

そっと瞼を閉じて、すぅと息を吸う。

潮の香り、髪の毛をなびかせる心地のいい風、ザーザーと寄せては返す波の音、すべてが私の中にするりと入っていく。

そっと瞼を持ち上げ、再び海を見る。

少しだけ切なく胸が疼いた。

ポケットから私の大切なものが入っている小さなピンク色の巾着を取り出した。

中からビー玉を取り出す。このビー玉は他の人にはただのビー玉に見えても私にとってはそうじゃない。

サキがくれたものだから。

そしてサキも私があげたビー玉を持っている。

今はもう捨ててしまっているかもしれないけどね。

辛くて、どうしようもなくて、虚しい夜は何度もこのビー玉を見つめてはサキを思い出していた。

たかがガラス玉ひとつで何が変わるんだ、と言われるかもしれないけど、私にとってはサキがくれた元気が出るビー玉なんだよ。

『これ、やるよ。元気玉っつーか、お守り』って、照れながらくれたんだ。

当時のことを思い出して自然と頬が緩んだ。何度も救われた。

バカだなって大げさだなって笑われたっていい。それでも私は、このビー玉ひとつに……いや、サキに救われたから。

「私の、すべてがここに詰まってる」

ビー玉を持っている手を青い空に向かって伸ばす。

そして右目を閉じて、左目でビー玉をジッと見つめる。

すると、ビー玉に歪んだ青空が映った。

まるで、私の心の中みたい。

サキのことが好きなのに口にできなくて、しかもサキと両想いのはずなのに自信をなくしている琴音のことが恨めしいのに、琴音に悲しい顔をさせたくなくて気づいたら手助けをしてしまっている。

私の心はもうぐちゃぐちゃなんだよ。

真っ白なキャンバスを、いろいろな色で塗りつぶされてしまったようなもの。

昔みたいに青色やピンク色でキレイに染められた心になんて戻れっこない。

このビー玉は私のすべてを知っている。

辛い時も苦しい時も楽しい時も、ずっとお守りとして持ち歩いていたから。

生きていると、知らなくてもいいことまで知ってしまう。

それが自分を苦しめる時だってある。

知らなくていい感情が芽生えることもある。

生きているのは、苦しくて辛いものだ。

だけど、それと同時に愛おしいとも思える。

この世界が黒で染まらないのは、どんなに辛くても苦しくても、それ以上にこの世界が愛で溢れているからなのかもしれない。


「なんか見えたか？」

突然、後ろから聞こえるはずのない声が耳に入ってきて、弾けたように声がしたほうを向いた。

「な、なんで……」

そこにいたのは、澄んだ瞳で私を優しく見つめるサキだった。

「なんでってテスト終わりと言ったらここだろ」

まさか……まさか……。

「いつもここに来てたの？」

私がいなくなってもテスト終わりは毎回この海に来てたの？

「そう。ここにいるとなんか落ちつくんだよな」

私は手のひらにあるビー玉を、ぎゅっと強く握りしめた。

だって、そんなのずるいじゃん。

動揺している私をよそに、サキはゆっくりと私の隣に腰をおろす。

「おっ、ナツもラムネ買ってきたんだ。俺もだよ」

満面の笑みで自分の買ってきたラムネを見せてくる。

ラムネまで……本当にこの男はずるいよ。

どこまでも私を舞い上がらせるんだから。

手慣れた仕草でラムネの飲み口を塞いでいるビー玉をストンと落とすサキ。

それを見て私も買ったまま放置していたラムネのビー玉を落とした。

「テストお疲れ様ー！」

「お疲れ」

果てしなく広がる海を前にラムネの瓶で乾杯をする。

カランとかわいらしい音を奏でて、それは波の音と混じり消えていった。

だけど、私の胸の高鳴りは消えてはくれない。

胸の高鳴りをかき消すようにグイグイとラムネを喉に流した。

サキも喉が渇いていたのか同じようにグイグイ飲んでいる。

渇いていた喉がひんやりと冷たくなる。

またこうしてサキと、この海の前でラムネを飲めるなんて思ってもいなかった。

「ぷはーっ！　やっぱナツとラムネ飲むと普段よりも一〇〇倍うまい！」

「大げさだなあ」

「マジだって！　一人より二人だろ！」

「じゃあ、琴音と来たらよかったじゃん」

私ってなんでこんなにひねくれた言い方しかできないんだろう。

こんなの琴音への嫉妬じゃん。

「バーカ、なんで琴音が出てくるんだよ。お前と来るからいいんだろ」

「え？」

予想外の言葉にまた鼓動が大きく高鳴る。

「ここは俺とナツだけの世界だと思ってるから」

私とサキだけの世界？

何それ……。

いいように言っているだけじゃん。

なのに、どうしてだかうれしくてたまらない。

「……そっか」

「おう」

少しの間、沈黙が続いたけど、不思議と気まずくはない。

「相変わらずキレイだね」

「だよな。なんにも変わってない」

私たちは変わってしまったけれど、海は変わらない。

私たちをそっと見守るかのように静かに波打っている。

「懐かしいなぁ……」

「四年近くがたつんだもんな」

「早いね」

「……俺にとってはすげぇ長かったよ」

キラキラと輝く海の遠くを見つめながら意味深に呟いたサキ。

健吾や琴音が言っていたように、私がいなかった間にたくさんのことがあったんだと思う。

「そっか」

「ほんとはさ、もうナツとは会えねぇんじゃねぇかって諦めかけてた」

「……」

「でも、再会してナツの顔を見た瞬間さ、ああ、諦めないでよかったなって思った」

サキの嘘偽りない言葉に心がグラッと揺れる。

なんで今そんなことを言うのかな。

サキの隣には琴音というかわいらしい女の子がいるじゃん。私じゃなくたって別にいいじゃん。なのにどうしてこんなにも期待させるの。

「そのビー玉も懐かしいよな」

私の持っていたビー玉を指さしながらそう言い、そして、「俺も持ってるけど」とポケットから私が持っているのと同じビー玉を取り出して得意げに笑った。

「まだ持ってたんだね」

「当たり前だろ」

サキのことだから、なんとも思わずに捨ててしまっているかと思っていた。私だけが、いまだに持っているものだと思っていたんだ。

「なあ、覚えてる？」

「何が？」

「俺がこのビー玉をお前にあげた時、お前が俺に言った言葉」

優しい陽だまりのようなまなざしでビー玉を見つめながサキは言った。

「……覚えてるよ」

それは私がサキとビー玉を交換した時のこと。

私はサキとビー玉を交換できたことが何よりもうれしくて、ずっとビー玉を見つめていたんだ。

そんなサキが私を見て『そんなにうれしいのか？　宝石でもあるまいし』と言った。

私はその言葉に『このビー玉はね、私にとってどんな宝石よりも価値があって大切なんだよ』と返した。

だって、好きな人との思い出が詰まったものなのだから、どんなに高くてキレイな宝石よりも私にとってはこんな小さくて少しソーダの匂いがするただのガラス玉が宝物に思えたんだ。

「あれ、めっちゃうれしかった」

「なんか今思い出したら私すごくクサいこと言ってたね」

思わず、笑ってしまった。

なぜか熱く語っちゃったんだよね。

「たしかにな。でもナツらしいと俺は思うよ」

「何それ」

「褒めてやってんの」

「超、上から目線じゃん」

「気にすんな」

気にするよ、バーカ。サキのことならなんでも気になっちゃうんだよ。

そんなことサキは何ひとつ気づいていないんだろうけど。

「俺にとっても宝石よりも大切だよ」

優しく目を細めて笑うサキが愛おしくて、鼓動が加速していくのがわかる。

そういうところが、ずるいんだよ。

どうしていつも私のことを惑わすようなことを言うの？

「一緒だね」

「おう」

潮風が私たちの髪をさらって、なびかせる。

目を閉じれば、すぐにでも戻れるんじゃないかと思ってしまうほど鮮明に覚えているあのころのこと。

すべてを失うことをわかっていて、それでもサヨナラが言えなかったあの夏を。

「ごめんね。突然いなくなって」

ずっと謝りたかった。今しか言えないと思った。

私が突然謝ったからなのか、サキは目を丸くしてこちらを見た。

「ほんとにごめん」

「なんでナツが謝んの」

優しくほほ笑みながら私の頭に手をポンッと置いて言ったサキ。

……もっと怒っていいのに。

私は最低なことをしたのに。

「だって……」

「もういいよ。またこうして会えてんだから」

どうしてこんなに優しいんだろう。

そんなに優しくされるとこの気持ちを捨てることができない。もう、サキから離れられなくなる。

好き。大好き。

言葉にできればどれほどいいんだろう。どうしようもないほど溢れ出すこの思いを青く輝く広大な海に全部流せたらいいのに。

そしてすべてを洗い流して、何も知らない、君のことも知らない私になれたらいいのに。

なんて……ね。

君のことを忘れたってどうせ私はサキにまた恋をするのだろう。そうなる結末がわかっていても好きになってしまうんだ。

「……ありがとう」

「そろそろ帰るか」

「そうだね」

「昔みたいに一緒に帰ろーぜ」

にこりと優しくて眩しい笑顔を向けたサキ。

その笑顔に一度だけ頷いた。

サキの乗ってきた青色の自転車の荷台に乗る。

そして、サキのワイシャツをぎゅっと掴む。

自転車の二人乗りはいけないことだけど、この街ではみんな当たり前にやっている。

懐かしい光景。

毎日のように見ていたのに。

「あれ？　ナツ太った？」

「はぁ？　女の子になんてこと言うの⁉」

いきなりそんなこと言ってくるもんだから、思わずペシンとサキの背中を叩いてしまった。

「嘘だって。お前は昔と変わらずかわいいよ」

「なっ……！　か、かわいいとかバカじゃない⁉　てか、言う人間を違ってるでしょ！」

そういうのは、琴音だけに言ってあげないとダメだし、たぶんこれも気まずくならないようにサキが気をつかって言ってくれただけ。

頭の中ではそうわかっているのにドキドキして、心が躍ってしまっている。

「ほんとはうれしいくせに」

俺には全部わかってる、とでも言いたげにそう言うと、勢いよくペダルを漕ぎ始めたサキ。

頬を撫でる風がとても心地よくて、夢でも見ているような気分になる。

サキのことが、どうしようもないほど好きで仕方ない。

「そんなこと言ってないでちゃんと運転してよね」

ねえ、サキ。

知ってる？

大好きな人からの『かわいい』って言葉が、どれほどうれしくて舞い上がってしまう言葉なのか。

「はいはい。つーか、転けるわけねえだろ？」

続けて「俺を誰だと思ってんの？」と得意げに言い放つサキ。

たしかにサキは私と二人乗りをして一度も転けたことがない。

運動神経がいいというのもあると思うけど、たぶん優しいサキのことだから、私にケガをさせないように慎重に運転しているんだと思う。

うぬぼれだと思われたって構わない。

今日くらい、許してよ。

「落としたら承知しないからね」

「うひゃあー、相変わらず怖えな」

そんなことを口では言いながらも、ケタケタと楽しそうに愉快な笑い声を上げているサキ。

海が、風が、空が、優しく私たちを見守っている。

大自然の中を駆け抜ける私たちはまだ子どもで、自分一人だけの力では生きてはいけない。

大人の力を借りて、生きている。

もうすぐ十七歳。

まだ、私たちは子どもなのに大人のような扱いをされる時もある。

世の中のことはよくわからない。

だけど、きっと強く生きていかなきゃいけない。

大丈夫。今の私にはサキがいるから。

たとえ、他の誰かの好きな人でも……彼が私じゃない女の子を好きでも……それでもいいからそばにいさせて。

「なあ、ナツ」

「何?」

「俺とナツと健吾と琴音で花火大会に行かね？」

その言葉に私は驚きで言葉をすぐに返せなかった。

だって、てっきりサキは琴音と二人で行くと思っていたから。

花火大会は八月のお盆休みにあって、たくさんの人たちが訪れる。

田舎町で三本の指に入るほどのビッグイベント。

「……いいの？」

「当ったり前じゃん」

でも、あんたはよくても琴音は嫌かもしれないじゃん。

本当にそういうところは、のん気なんだから。

「バカ、琴音は嫌かもしれないよ」

「なんで？」

「だって琴音は……」

「ダメ？　ちょっとだけでいいからさ」

なんでそんなに私と健吾を含めた四人で行きたがるんだろう。

琴音と両想いなんじゃないの？

二人で行けばいいのに……。

「なんでそこまで……」

「俺、ナツの浴衣姿が見たいんだよなー」

「え？」

「お前、いっつも私服だったし」

本当にこの男はなんなんだろう。

悪気がないのはちゃんとわかってるし、特別な感情も深い意味も込められていないことなんて全部わかっているけど……それでもずるいと思う。

「琴音の浴衣姿のほうがいいよ」

「いやー、琴音の浴衣姿は何度も見てるし、せっかくならナツの浴衣姿もちゃんと見てみたいなって」

「意味わかんない」

「俺もわかんない。でも、見たいって思う」

理由になってないし、サキは本当に思ったことはすぐに口に出すよね。

まあ、そこが好きなんだけど。

「何それ」

「絶対似合うからさ」

「そんなこと言ったって着ないよ」

「えー、ケチだなあ」

「どうせケチですよ」

「まあ、当日楽しみにしてるよ」

「まだ行くって言ってないんだけど」

「どうせ来るだろ？」

「まあー……」

「なら、決まりだな」

勝手に決めないでよ。と言いたいけど、一人で行くのもそれはそれで寂しいから四人のほうがいいか。

「仕方ないなあ」

「ぷっ、ほんと素直じゃねえな」

「うるさい」

私がふてくされていると、サキの肩が微妙に揺れている。

きっと、ふてくされている私を見てクスクスと笑っているんだろう。

「笑わないでよ」

「いや、なんかほんと変わんねえなって」

「いつまでも子どもっぽくて悪かったですねー！」

「やっぱ、ナツといるとなんか落ちつくわ」

柔らかく、優しい口調で言ったサキ。

何気なく言ったであろうその言葉は私の胸に響き、徐々に鼓動を高鳴らせていく。

どこまでも優しくて、ずるい男。

「当たり前じゃん。なんてたってこのナツ様なんだから」

「はいはい。そうだな」

「サラッと流さないでよ。なんか悲しくなるじゃん」

そう言ってサキの背中をポンッと叩く。

なんかツッコんでもらわないとこっちも困るから。

「ハハッ……！　ドンマイ」

「うざーい」

どうでもいいような話だって、しょうもない言い合いだって、サキと話していることなら全部楽しく感じてしまうのはもう完全に恋の魔法だ。

どんどんオレンジ色の日が傾いていく中、私たちはふざけ合って、笑い合って、家へと続く道をゆっくりと帰った。

きっと、これは幸せというんだろう。

優しく包み込んでくれる彼にあっさりと負けてしまっている。

だけど、今はそれだけでいい。この溢れんばかりの幸せを噛みしめていたいから。

Fibrolite《ファイブロライト》

警告

「おばあちゃん！　おじいちゃん！　おかしいところない？　リップはみ出してない？」

季節はあっという間に流れ、今日は八月十四日。

サキと約束した四人で花火大会に行く日で朝から大忙し。

外ではセミがミーンミーンとうるさく鳴いている中、私はおばあちゃんとおじいちゃんに最終チェックをしてもらっていた。

「大丈夫。すごくかわいいよ」

「とても似合ってる」

二人は優しくほほ笑んで記念に……と、手に持っていたガラケーでパシャリと私の浴衣姿をカメラに収めた。

そんな二人の行動に少し恥ずかしさを感じたけど、愛されているのだと思うと頬が緩んだ。

「絶対、咲都くんも惚《ほ》れ惚れしちゃうよ」

おばあちゃんがうれしそうに笑いながら言った。

そう、私は結局サキの押しに負けて浴衣を着ていくことにした。

薄紅色の花に黄色い小さな花が混じっているかわいらしい浴衣。

私には似合わないと思ったんだけど、おばあちゃんとおじいちゃんが私のためにせっかく買ってきてくれたから着ないわけにはいかない。

「そんなことないけど……ありがとう。それじゃあ、行ってくるね」

「いってらっしゃい」

「楽しんでね」

今日も優しく手を振って見送ってくれる二人。

そんな二人の思いにジリジリと胸が熱くなる。

毎日、満たされていて楽しい日々を送れているのはすべてを受け止めて、一緒に暮らしてくれている二人のおかげ。

本当に言葉では言い表せないほど、感謝している。


「夏葵。早かったな」

「健吾こそ」

集合場所の神社の前に行くと、そこにはもう健吾が来ていた。

カジュアルな私服は長身でさわやかな健吾にとてもよく似合っている。

「咲都は琴音を迎えに行くってさ」

「そうなんだ」

本当に付き合っているみたいだね……。

ズキンッと胸が痛む。

「まあ、落ち込むなって。どうせ琴音が頼んだんだよ」

「落ちこんでないし！」

「それより浴衣似合ってるよ」

「えっ？　ほんと？　うれしい」

お世辞でもそう言ってもらえるとうれしい。

顔がよくないから浴衣だけ浮いていたらどうしようと不安に思っていたから。

「それとさ……この前のことほんとに悪かった。あんな言い方はなかったよな」

健吾は申し訳なさそうに顔を歪ませながら謝罪の言葉を口にした。

その言葉に私は健吾に『戻ってくるな』と言われた時のことだろうと察した。

「ほんとだよ」

「あそこまで言うつもりは……」

「なーんてね。悪いのは全部私だって言ったじゃん。だから健吾は何も気にすることはないんだよ」

そう言って、笑った。

健吾は本当に何も悪くないんだよ。

何も言わずに去っていった私が全部悪いの。

理由があったとしても、大切な人たちを裏切るようなことをしてしまったことに変わりないいんだから。

「夏葵……お前は昔から優しいよな」

「え？」

「なんか今ふと思った。だからさ、東京でも何かあったんだよな」

「……」

「言わなくていいよ。誰にでも言いたくないことのひとつやふたつはある。だけどいつか言いたくなったらいつでも聞くからな」

健吾はそう言うとふわっと優しくほほ笑んだ。

優しいのは健吾のほうだよ。

許せない人にこんなに優しくできる人なんていないよ。

その優しさにたくさん救われてきたんだ。

「ふふっ……ありがとう」

私たちを縛っていたわだかまりはするり、するり、と解けていった。

それから数分間、二人で他愛もない話をしながらサキと琴音が来るのを待っていると少し遠くのほうからこちらに手を振っている男女が見えた。

遠くからでもわかる。

――サキと琴音だ。

ドクン、と鼓動が大きく跳ねる。

「来たみたいだね。大丈夫なの？　まだ咲都のこと好きなのに」

「大丈夫……だと思う。ヤバくなったら帰るからフォローしといて」

「はいよ」

正直、花火を見終わって家に帰るまで耐えられる気はしないけど、どうせサキと琴音の二人で回るなら私は健吾と二人になるし、二人を見なくてすむから嫉妬心とかは抱くことは少ないはず……。

「よっ、遅くなって悪い」

サキが悪気がなさそうに謝る。

謝る気ないでしょ。

「ほんとだよ。一分遅刻」

「一分くらいよくね⁉　六十秒だぞ⁉」

「あれ？　言い訳するの？　何を買ってもらおうかなあ～。たこ焼きもいいなあ」

「嘘です。遅刻してすみません。次から気をつけます」

「それでよし」

本当にサキって単純だ。

だけど、私だって本気で奢ってもらおうなんて考えてないよ。

「お前ら相変わらずだな。いつの間にまたそんなに仲よくなったわけ？」

健吾が呆れたように笑う。

サキの隣で琴音が少し不服そうにしている。

いつからなんだろう。

サキとこうして昔みたいに話せるようになったのは。

１ＯＮ１をした日からだろうか。

いつからかわからないけど、いつの間にか私たちの距離は少しずつ戻ってきているように感じた。

だけど、琴音だけはいつまでたっても遠いままだ。

「俺らはいつだって仲いいよ」

「まあ……」

「あー、そうだったな」

「ねえ、咲都。早く行こうよ」

初めて琴音が言葉を発した。

胸が、変な音を立てていく。

どうしようもなく黒い感情がふつふつと湧き出して心の中を占領していく。

「んー、ちょっとだけ待って」

そう言うと、サキは私の耳元にずいっとキレイな顔を寄せてきて、「やっぱ、浴衣似合ってんじゃん」と囁《ささや》いた。

耳がじんじんと熱を帯びて赤くなっていくのがわかる。

こんなのずるすぎるよ。

しかも、琴音の前で……。

「し、仕方ないからね。着てきてあげた」

「ぷっ、ほんと素直じゃねぇな」

早鐘を打ち始めた鼓動を必死に抑えようとするけど、一度鳴り出した鼓動はなかなか静まらない。

「せっかくだし、みんなでたこ焼きでも食うか」

「いいね」

「じゃあ、買いに行こう」

すると、琴音がサキのシャツの裾をぎゅっと掴んだ。

私たちに背中を向けているサキが今、どんな顔をしているのかは、わからない。ただ私と健吾の前を歩く二人はとてもお似合いだ。

クラスのみんなはお似合いじゃないとか言うけど、正直なところ別にそこまで似合わないわけじゃない。

だけど、私だってサキの隣を歩きたいと思ってしまう。

視界に入れたくない。

そんな気持ちでいたからなのか自然と視線を足下に落とす。

「俺でごめんね」

隣を歩く健吾が小さな声で言った。

「だーから、健吾は何も悪くないって」

「だって本当は咲都がいいんでしょ？」

「まあ……それはそうだけど」

「俺には素直なんだね」

そう言うと口元を押さえてクスクス笑う健吾。

わかってたくせに。

私がサキ以外の人には、意地を張ったりすることはあんまりないことくらい。

健吾って、ちょっとだけ意地悪だよね。

「私は誰にでも素直」

「それは嘘だなあ」

呆れたように笑っている健吾だけど、しばらくして笑うのをやめて真剣な瞳で私を見つめた。

「……なんで今日来ようと思ったの？」

健吾の言いたいことはわかる。

琴音がサキにベッタリくっついているところをわざわざ間近で見なくてはいけないし、サキと二人きりになれるわけでもない。むしろ、傷つくことのほうが多いのにどうして来ようと思ったのかと聞きたいんだろう。

「私さ、傷つくことなんて承知の上で来てるの」

「え？」

「傷ついてもいいからサキといたいんだよ。ただそれだけ」

理由なんて、それだけで十分だ。

たとえ、サキの純粋な透き通った瞳に映るのが私じゃなくて琴音だったとしても私はサキのそばにいたい。

「……」

「黙ってないで何か言ってよ」

そんなに黙り込まれるとなんか恥ずかしくなるじゃん。

サキが振り向かないってわかっててもいいんだよ。

すると、健吾は少し切なげに笑い、言葉を発した。

「……ほんと、神様って意地悪だよな」

「今さら？」

「あー、なんか夏葵を見てたらかわいそうに思えてきた」

「何それ、軽くけなしてる？」

「違う違う。そんな夏葵にひとつだけ教えてやる」

そう言って話し始めた健吾の言葉を聞くのに精一杯で、サキが私たちのことをチラリと振り返って見ていたことになんて気づいていなかった。

「……なんかその話を聞いたら余計に好きになっちゃった」

健吾の話はとても信じがたいもので思わず苦笑いがこぼれたけど、こう言ってくれるのがサキだったら……。

そう思ったら胸がぎゅっ、と締めつけられて苦しい。

サキは、私のことなんか好きじゃないのに。

一方通行だとちゃんとわかっているのに。

無駄な期待をしてしまう私はこれからもずっとサキに惑わされて、振り回されて恋していくんだろう。

それでも、きっと私はサキ以外の人を好きになれない。

サキだけが、好きで、好きで、たとえ嘘でもいいから『好き』だと一言言われてみたいと思うものだ。

〝幼なじみ〟

その言葉はいいようでもあり、悪いようでもある。

幼なじみを超えられるかは自分の勇気と努力次第。

だけど、私は勇気が出なくて超えられなかった。

今はもう気持ちを伝えることすら不可能。

「ほんとに昔からずっと好きだよな」

「ほんとにね。自分でも呆れちゃうくらい……」

こんなにも愛おしいと思えるのはサキだから。

これから先、どんなことがあろうと私はサキだけは諦めきれないと思う。

一度、離してしまってわかった。

〝サキ〟という存在の大きさに。

「バカだよね。琴音がいるのに」

「いいんじゃない。あいつら付き合ってるわけじゃないし、好きでいることくらいさ」

健吾はそう言い、すべてを優しく包み込むように笑った。

その笑顔になんだか少し心が救われたような気がした。

そっか……。好きでいることくらい許されるよね。

「おい！　お前らさっきから何コソコソと二人で話ばっかしてんだよ」

健吾と二人で話していると、サキが私たちを見ながら不服そうに眉をひそめながら言った。

あんただって琴音と盛り上がっていたじゃん。

今だって琴音はサキのシャツを掴んでいる。

そんな光景が視界に入るたびにズキズキと胸がわかりやすく痛む。

「健吾と夏葵、お似合いじゃん」

琴音が何を思ったのかそう言い、私のほうを見てふっ、と鼻で笑った。

ああ、琴音は私のことが本当に嫌いなんだ……。

だからといって別に私は琴音を嫌いになるつもりもない。

だって、昔はよく一緒に遊んで二人で恋バナに花を咲かせ、時にはぶつかり合いケンカをした仲なのだから。

今になって嫌いになれるわけがない。

それに琴音もサキが奪われないか心配で仕方ないだけで、本当はとても優しい子だということを私はちゃんと知っている。

誰だって、不安や嫉妬心は抱くもの。

現に私だって琴音に対して抱いている。

どれだけ仲がよくても表に出さないだけで、相手にイライラしてしまう時や羨ましいとひがんだり、ムカつく時だってあるはず。

別にそれは悪いことじゃない。

だって、人は自分にないものを欲しがる。

完璧な人なんてどこにもいない。

完璧な人に思えても実際その人も悩んでいることはあるし、完璧に見えるように必死に努力をしているのかもしれない。

だから、琴音も私もお互い言わないだけで、心のどこかでは〝羨ましい〟と思っている部分があるんだと思う。

「そうか？」

そう言ったサキの表情は心底気に食わない、と言いだけな表情だった。

「思わない？　私はそう思うけど。健吾と夏葵、付き合っちゃえば？　で、私と咲都も。そしたらダブルデートとかもできるし」

「ないない」

琴音の言葉にサキは即答で返す。

「なんでさっきからあんたが答えてんのよ」

私か健吾が答えるならまだしも、関係のないサキがさっきからことごとく否定をしているのが気になり、つい口を挟んでしまった。

「いいだろ、別に。つーか、ナツも否定しろよな」

「なんで否定するって決めつけてるの」

「ナツは健吾のこと好きなの？」

サキの真剣な瞳に気を抜いたら吸い込まれてしまいそう。

なんで……そんなに必死になるの？

私が健吾と付き合ったらイヤなの？

どうしてそこまで否定するの？

「好きだよ。友達として」

そう。友達としてね。

私の好きな人は他でもない、サキなのだから。

私の言葉にサキはホッとしたような安堵の表情を浮かべて、隣にいる琴音に「だってさ。こいつらは付き合わねえよ」と笑った。

そんなサキを見て、健吾が肩を小刻みに揺らしてクスクスと笑いながら「咲都、必死だな」と言った。

本当になんでそこまで否定しなきゃいけないのかわからないよ。

「うるせえな。別に普通だ」

こんなの、まるでヤキモチを焼いてくれてるみたいじゃん。

やめてよ。期待してしまうから。

「咲都。たこ焼き買いに行こうよ」

サキの腕をグイグイと引っ張って屋台のほうへ行こうとしている琴音。

琴音からしたらいい気分ではないよね。

私だったら嫌だもん。

「あー、そうだったな。んじゃあ、俺ら買いに行ってくるから、お前らそこらへんで待ってて」

その言葉を残して、二人は行ってしまった。


歩く人たちの邪魔にならないように端のほうに移動した私たち。

「俺と夏葵が仲よさそうに見えるっていうなら、咲都と夏葵のほうがよっぽど仲よさそうで付き合ってるように見えるけどな」

「そうだね」

「でも、咲都は琴音と付き合わないと思う。だって咲都は夏葵以外の子に興味ないと思うから」

健吾の言葉に私は目を丸くして驚いた。

だって、今まで誰よりも二人の近くにいた健吾がそんなこと言うなんて思っていなかったから。

前に『咲都もまんざらでもないかもな』みたいなことを言っていたのに。

「なんでそう思うの……？」

「まあー……それは俺の勝手な思い込みだから言わない」

はぐらかされたのには何か理由があるんだ。

だから、これ以上深く聞くのはよくないよね。

そう思って黙り込んでいると、健吾が話し出した。

「だけど、これだけは教えとく」

「え⁉」

「なんで琴音が咲都のこと〝サキ〟って呼ばないか知ってる？」

そのあとに続けられた健吾の話に、私は驚きと喜びを隠せなかったのだった……。

「買ってきたぞー」

少し遠くのほうからこちらに向かって歩いてくるサキと琴音。琴音は相変わらずサキの腕を掴んでいる。

「……サキのバカ」

私の呟きは、きっと健吾にだけしか聞こえていない。

だけど、健吾は聞こえていたはずなのに気をつかってくれたのか何も言わなかった。

「ほらよ。ナツはマヨなし」

「え、覚えてたの?」

私はいつも、たこ焼きにマヨネーズをかけない。

なんかマヨネーズをかけないほうが私は好きだから。

何も言っていなかったのに覚えていてくれてたんだ。

「当たり前。何年お前のそばにいたと思ってんだよ」

たぶんサキは深く考えていないんだろうけど、その言葉はずるいよ。

今の私にそんなこと言わないで。

つい、うぬぼれそうになる。

それに……過去形にしないで。

これからもずっとそばにいてほしいよ。

叶わないってわかってるから言わないけど、本当はずっと、ずっとサキのそばにいたいし、サキには私の隣にいてほしい。

ふいに琴音の鋭い視線を感じて、私は我に返る。そしてワザと明るい声で言った。

「さすが、サキ。ずっと記憶力は魚レベルなのかなと思ってたから」

「はあ？　俺だってさすがに三秒でなんて忘れねえよ！」

魚は記憶力が優れていなくて、三秒で忘れてしまうという。照れ隠しで言ったつもりだったけどサキは真に受けちゃうよね。

「嘘だって。はい、これ。お金」

そう言ってサキに五〇〇円玉を渡すけど、彼は受け取ろうとはせずに私の手を押し返した。

「いらねえって。俺の奢り」

「あとが怖いからいいよ」

「こーいうのは男が奢るもんなの」

こう言い出したら、サキは聞かない。

だから仕方なく引き下がるしかない。

「ありがと」

「おう」

どうしてこんなに優しくしてくれるんだろう。

私に優しくする必要なんてないのに。

再び琴音からの鋭い視線を感じながらも気づかないフリをする。

ここで琴音と目が合うのはなんだか嫌だから。

心のどこかで、この幸せな気持ちを誰にも邪魔されたくないと思っているのかもしれない。

「ねえ、咲都」

「ん?」

「付き合ってほしい屋台があるんだ」

「あー、いいよ。ちょっと待って。二人も行く?」

そう言った時にサキがチラッと私と健吾のほうを見て何か言いたげな顔で尋ねてきたけど、私が首を横に振ると、何も言わずにそのまま二人は行ってしまった。

「行っちゃった……」

もう少し、もう少しだけ一緒にいたかったなあ。

ワガママだってわかってるけど気持ちの抑えがきかない。

「琴音なんか無視して、一緒に行けばよかったのに」

「だよね」

「さっきも言ったじゃん。咲都にとって夏葵は——」

「そんなことないよ! ほら、たこ焼き食べよ!」

私は健吾の言葉を遮って言葉を発した。

聞きたくない。聞きたくない。

聞いてしまったらまた勘違いしそうになるから。

「んー、おいしい」

「久しぶりにたこ焼き食べたわ」

「私はお祭り自体久しぶりかなあ」

向こうではお祭りなんて行かなかった。

当時付き合っていた彼に誘われても行く気にもならなかったのは、お祭りになんて行ったら、いるはずのないサキの面影を探して、楽しかったころのことを鮮明に思い出してしまうとわかっていたから。

会いたいけど、会えない。

その思いが苦しいほどに私の胸を締めつけた。

どうして、私とサキはこんなにも近くにいるのに、お互い特別な関係で寄り添い合うことができないんだろう。

そうできなくしたのは私のせいだとわかっているだけに、苦しくて胸がぎゅっと締めつけられる。

そんなことを考えていると、ふいに健吾が口を開いた。

「さっきも言ったとおり聞かないつもりだったし答えたくなかったら答えなくていい

んだけど、夏葵、向こうの生活は楽しかった？」

一瞬ギョッとしたけど、健吾にならなら少し話せそうな気がした。

「んー。まぁいろいろあったけど、とにかく人は多いし、まわりも大きなビルばっかで目が疲れる」

「田舎者感満載のセリフだな」

「私は田舎者だからね」

三つ目のたこ焼きを口の中に放り込む。

ソースとかつお節の味が口の中にほのかに広がる。

懐かしい味。

私の思い出がたくさん詰まった味。

何度もサキとこの祭りに来てたこ焼きを食べて、かき氷も食べてスーパーボールすくいでボールの数を競い合って……そんな愛おしい思い出の数々が蘇ってくる。

サキとの思い出、ひとつひとつを私は心の奥に大切にしまい込んでいる。

だって、忘れられないんだもん。

遠く離れてみても、突き放しても、結局サキのことを嫌いになることなんてできなかった。

「まあ、俺も初めて東京に行った時は興奮して、まわりのビルを見上げてはしゃぎま

お手数ですが
切手をおはり
ください。

郵便はがき

104-0031

東京都中央区京橋1-3-1
八重洲口大栄ビル7階

スターツ出版(株)　書籍編集部
愛読者アンケート係

(フリガナ)
氏　名

住　所　〒

TEL　**携帯／PHS**

E-Mailアドレス

年齢　**性別**

職業
1. 学生(小・中・高・大学(院)・専門学校)　2. 会社員・公務員
3. 会社・団体役員　4. パート・アルバイト　5. 自営業
6. 自由業(　)　7. 主婦　8. 無職
9. その他(　)

今後、小社から新刊等の各種ご案内やアンケートのお願いをお送りしてもよろしいですか？
1. はい　2. いいえ　3. すでに届いている

※お手数ですが裏面もご記入ください。

お客様の情報を統計調査データとして使用するために利用させていただきます。
また頂いた個人情報に弊社からのお知らせをお送りさせて頂く場合があります。
個人情報保護管理責任者:スターツ出版株式会社 販売部 部長
連絡先:TEL 03-6202-0311

愛読者カード

お買い上げいただき、ありがとうございました!
今後の編集の参考にさせていただきますので、
下記の設問にお答えいただければ幸いです。よろしくお願いいたします。

本書のタイトル（　　　　　　　　　　　　　　　　　　　　　　　　　　　　　　）

ご購入の理由は？ 1.内容に興味がある　2.タイトルにひかれた　3.カバー（装丁）が好き　4.帯（表紙に巻いてある言葉）にひかれた　5.あらすじを見て　6.店頭のPOPを見て　7.小説サイト「野いちご」を見て　8.友達からの口コミ　9.雑誌・紹介記事をみて　10.本でしか読めない番外編や追加エピソードがある　11.著者のファンだから　12.イラストレーターのファンだから　その他（　　　　　　　　　　　　　　　　　　　　　）

本書を読んだ感想は？ 1.とても満足　2.満足　3.ふつう　4.不満

本書のご意見・ご感想をお聞かせください。

1カ月に何冊くらい本を買いますか？
1.1～2冊買う　2.3冊以上買う　3.不定期で時々買う　4.ほとんど買わない

本書の作品をケータイ小説サイト「野いちご」で読んだことがありますか？
1.読んだ　2.途中まで読んだ　3.読んだことがない　4.「野いちご」を知らない

読みたいと思う物語を教えてください 1.胸キュン　2.号泣　3.青春・友情　4.ホラー　5.ファンタジー　6.実話　7.その他（　　　　　　　　　　　　　　　　　　　　）

本を選ぶときに参考にするものは？ 1.友達からの口コミ　2.書店で見て　3.ホームページ　4.雑誌　5.テレビ　6.その他（　　　　　　　　　　　　　　　　　　　　）

スマホ（ケータイ）は持っていますか？ 1.持っている　2.持っていない

学校で朝読書の時間はありますか？ 1.ある　2.昔はあったけど今はない　3.ない

文庫化希望の作品があったら教えて下さい。

学校や生活の中で、興味関心のあること、悩みごとなどあれば教えてください。

いただいたご意見を本の帯または新聞・雑誌・インターネット等の広告に使用させていただいてもよろしいですか？ 1.よい　2.匿名ならOK　3.不可

ご協力、ありがとうございました!

くったけどな」

「やっぱりそうだよね。って健吾、東京に行ったことあったんだ」

てっきり、東京には行ったことがないと思っていた。

でも今の時代、行こうと思えばすぐに東京に行けるもんね。

「あー……うん。あるよ」

「何、そのぎこちない感じ」

「いや、だいぶ昔のことだから」

「そうなんだ」

たぶん、それは嘘だとわかっていたけど私は何も言わなかった。

言いたくないことは無理に聞かない。

健吾が私にしてくれたみたいに。

それから話題はテレビの話になって、他愛もない話をしながら出店をまわり、かき氷を買ったり、射的をしたりと年に一度の祭りを満喫していた。

「もうすぐ、花火だね」

「だね！　混む前にちょっとトイレ行ってくる！」

「了解。迷子になるなよ。俺はここにいるから」

健吾の言葉に軽く頷いて私は広場の隅にあるトイレに向かった。

用を済まして健吾のところに向かおうとした時、見覚えのある二人が視界に入った。

二人は仲よさそうに肩を寄せ合い、アクセサリーを売る屋台を見ていた。

その仲むつまじげな光景を目の当たりにしてしまった私は、しばらくその場から動けずにいた。

これは当たり前のことだ。

だって、二人は両想いなんだから。

だから、だから……。

何度、自分にそう言い聞かせたって知らない間に溢れていた涙を止めることはできない。

幸い、二人は私の存在に気づいていない。

バレてはいけないと思い、なんとか足を動かして健吾の待つ場所に向かおうとするけど、涙で視界が歪んでとてもじゃないけど健吾に会える顔ではない。

仕方ない……メッセージを送っておこう。

いや、電話のほうがいいかも。

そう思い、健吾に電話をかける。

ワンコールで出た健吾は少し焦った声だった。

『もしもし、迷った？』

「ううん……っ」

『じゃあ、どうしたの？』

健吾の言い方は決して冷たく言い放つような言い方ではなく、優しくて柔らかく、私の素直な気持ちを落ちつかせてくれるような言い方だった。

「あのね、私……やっぱり帰る。ごめんね」

『……そっか。気をつけて帰れよ。あと、家についたら連絡すること。わかった？』

「うん。ありがとう」

健吾は私に何かあったことを察してくれたんだと思う。たぶん泣いていることだってわかっていただろう。でも何も言わなかったのは私が昔から心配されることが苦手なのを知っているからだろう。

スマホをカバンの中にしまって、一人歩き出す。

まだ家に帰れない。

せめて、花火が終わってから帰らないとおばあちゃんたちが心配しそう。

ポロポロ、と溢れ出す涙を必死で拭う。

泣いている私をチラチラと見ながら歩いていく人たち。

もう他の人のことなんてどうでもいい。

ただ、この苦しくて辛くてぎゅっと胸が締めつけられる思いを消し去りたいけど、脳裏に焼きついた二人の、まるで映画のように肩を寄せ合う姿がさらに私の胸を締めつける。

「うぅ……っ」

見たのは私で、全部悪いのは私。

でも……苦しいよ。

サキを好きでいるのはこんなにも苦しい。

いっそ、他の人を好きになれたらいいのに。

やがて、私の歩く道には人がいなくなり私一人ぼっちになった。

どこに行くかなんて決めずに歩いていたのに辿りついた先はあの海だった。

こんなに苦しくても、辛くても、ここに辿りついてしまうなんて私は本当にバカで、どうしようもなくサキのことが好きなんだと改めて思い知らされた。

「……憎いくらいキレイだ」

暗闇で深い青色をしている海にきらめく星たちが反射して、息をのむほどキレイな景色になっている。

ジッ、と見つめて頭に焼きつける。

この景色を見たらきっとサキは、大興奮して騒ぐんだろうなあ。

それか、感動しすぎて泣いちゃうかもしれない。

こんなキレイな景色、一人で見るには寂しいよ。

ねえ、サキ。

隣に来て、好きって言って、抱きしめてよ。

私が見る景色をサキとも共有したい。

彼女でもないのにワガママだって言われるかもしれない。でも、好きだからそう思っちゃうんだよ。

ジッ、と海を眺めながらさっき健吾から聞いた話をぼんやりと頭の中で思い出す。

『なんで琴音が咲都のこと〝サキ〟って呼ばないのか知ってる？』

『……知らないよ』

『呼ばないんじゃなくて、呼べないんだよ』

『え？　どういうこと？』

『一回だけ琴音が〝サキ〟って呼んだことがあったんだ。そしたら、アイツ『そう呼ぶな』ってすげー怖い顔して言ったんだよ』

『っ、』

『たぶんその呼び方してたの夏葵だけだったし、夏葵にだけその呼び方で呼んでほしかったんだろうな』

『……』

『それだけ、アイツの中でお前は特別なんだよ』

「ほんとにずるいなあ……」

そんなの、私だって同じだ。

特別すぎるくらい特別なんだ。

「っ、バカみたい」

私とサキはどうやっても結ばれないし、こんなに想っていても想い合えないのに。

東京にいる間、苦しくても泣きたくても、消えたくなった夜も、サキからもらったビー玉をぎゅっと抱きしめてサキとの思い出に支えてもらっていた。

サキがいたから、頑張って踏ん張れて今を生きていられている。

きっと、君がいなかったら私はもうとっくに限界がきて、この世界に存在していないだろう。

サキだけが私の瞳の中では、特別輝いて見えて彼だけが欲しくてたまらない。

だけど、手に入らない。それが痛いほどわかっているのにこの気持ちは消えてはくれない。

好きなのに苦しい。いや、好きだから苦しい。

伝えたいのに伝えられない。

もどかしい思いが込み上げてきてビー玉を握りしめている手をとっさに上げた。

このまま海に投げ捨ててしまえば少しは君への想いが薄れてくれるかな。あのころの思い出も全部消し去ってくれるかな。

だけど、そのまま腕を動かすことはできなかった。

私は捨てられなかった。

悔しくて、たまらなく手に入れたくて、ぎゅっと目を瞑ってそっと手をおろす。

どうしたら、どうしたら私たちの気持ちは交わるんだろう。その方法があるなら誰か教えてよ。

もうわかんないよ。

このままサキを想い続けても琴音を苦しめてしまうし……私の心も壊れてしまいそうだ。

こんなに誰かを好きになるなんて、きっともうない。

パンパン、と少し遠くで空を鮮やかに飾る火花。

花火が始まったんだ……。

咲いては散っての繰り返し。

〝もう、昔のようには戻れない〟

そんなことを伝えようとしている、警告のように思えた。

「うぅ……うっ……」

とめどなくこぼれ落ちる涙は君を想う証。

あと、あとどれだけ泣いたら、この想いは君に届きますか？

Agate《アゲート》

勇気・行動力

八月下旬になり、本格的に暑さが増してきた。

そんな中、学校のPTAでグラウンドの草むしりをするらしく、おばあちゃんとおじいちゃんが当番になっていたんだけど、腰が悪いおばあちゃんとおじいちゃんに行かせるなんてことは絶対させたくなくて私が代わりに来た。

いつもお世話になっているから、せめてもの恩返し。

でも、ひとつ気になるのは陸上部も手伝うということだ。

陸上部には琴音が所属しているからとても気まずい。

あの花火大会のあと、健吾が私のことはうまく誤魔化してくれたみたいで、サキから【お腹あったためて寝ろよ】とメッセージが来ていた。

だけど、私はそれどころではなくて、次の日に目がパンパンに腫れるまで泣いた。

だからこそ、余計に琴音と会うのは気まずい。

かといって、おばあちゃんとおじいちゃんに無理をさせるわけにはいかないし……

悩んだ結果、来ることにした。

「では、この袋に草を入れてください」

まわりはみんな主婦ばかりで完全に私は浮いている。だけど、我慢だ我慢。

一人で黙々と作業していればこんなのすぐ終わる。そう言い聞かせて役員の人から袋を受け取る。

陸上部の生徒の姿も見えたが琴音の姿は見つからなかった。正直、それにホッと胸を撫でおろしていた。

休みなのかな……。

主婦たちは楽しそうに話しながら草を抜いていた。そんな中に学生が一人で入る勇気はないので、私は隅のほうに移動して体育館裏近くの場所で黙々と草を抜いていた。

どうしてこの場所を選んだのかには理由があった。

だって、ここに来ると……。

「立花……！」

「はい……っ！」

「ナイスシュート！」

「ありがとうございます！」

サキが部活をしている声が聞こえると思ったから。

姿は見えなくても音や声を聞けるだけでいいんだ。

目を閉じればすぐに思い出せるから。

サキのバスケをしている姿が頭に焼きついている。

「それにしても……暑いなあ」

今日の最高気温は三十九度だと天気予報で言っていた。

額を流れていく汗を首にかけてあるピンク色のタオルで拭いながら必死に草を抜く。

「ハハッ……！　あんたにはこれが似合ってるわ。後始末よろしくねー」

そんな言葉が聞こえてきたと同時に、体操服を着た先輩たちがこちらに向かって歩いてきた。

あの顔……見たことがある。嫌な予感がした。

私は弾かれたように立ち上がると、先輩たちが歩いてきた道を走った。

すると、しばらく走った先に抜かれたであろう草を頭から被った琴音が一人で声を押し殺して泣いていた。

その姿を見た瞬間、いつかの自分を見ているような気分になってとっさに彼女を抱きしめていた。

あんなに邪魔だと思っていた琴音に、私はまた優しくしてしまっている。

やっぱり優しくしてしまう私は琴音のことが好きで好きでたまらないんだ。

「……だ、れ……っ？」

私はその問いかけには答えなかった。

だって、答えたら琴音は泣くのをやめてしまうと思ったから。

だけど、体操服で来たのが間違いだった。

胸元に苗字が書いてあるため、すぐにバレてしまい、突き放されてしまった。

「……何してんのっ?」

「……まだあんなことされてたの?」

そう言いながら頭に乗っかったままの草を取ろうと手を伸ばすけど、バシッと払いのけられてしまった。

行き場を失った手を私はそっとおろし、体操服のズボンをぎゅっと強く握る。

どうやっても私と琴音はもう仲よくできないのかな?

「あんたには関係ないでしょ……!? 欲しいものがなんでも手に入って、みんなからも好かれるあんたに……私の、こんな惨めで醜い気持ちがわかるわけない……っ!!」

ギッ、と鋭く私を睨むその瞳からはポロポロと透明な雫がこぼれ落ちていた。

その表情はとても酷く歪んでいたけど、本当は『助けて』と叫んでいるように思えて仕方なかった。

欲しいものがなんでも手に入る……みんなから好かれる……か。

琴音の瞳に私はそんなふうに見えているんだ。

だけどね、琴音。それはよく言いすぎだよ。

私はそんな人間じゃない。

本当に欲しくてたまらないものは手に入らないし、誰からも好かれているわけじゃない。

私だって、一生懸命踏ん張って生きている。

「……いつまでそうやって被害者面してんの？」

私の言葉に琴音の表情が怒りの表情へと変わっていく。

「辛かったら辛いって言えばいいじゃん。泣きたいなら泣けばいいじゃん。苦しいなら頼ればいいじゃん。いつまでも苦しいのは自分のせいでしょ」

逃げていいんだよ、琴音。

私のように逃げていいんだ。

苦しいなら逃げていい。

一人で頑張ろうとしなくていい。

「わかったような口きかないでよ……っ！」

そう言って琴音は近くにあった雑草をブチブチと乱暴に引きちぎると、それを私に向かって投げつけた。

だけど、それは私に届くことなく、虚しくヒラヒラと地面に落ちていった。

「あんたには帰る場所がある。愚痴を聞いてくれる人がいる。頼れる人がいる。泣いたら抱きしめてくれる人がいる。苦しい時に励ましてくれる人がいる」

それはすごくすごく大切なことで、普段はなかなか気づけないことなんだよ。

東京で、私には家族しかいなかった。

家族がいただけマシだったけど、琴音には家族以外にサキも健吾も友達もいる。

私から言わせれば琴音の境遇は幸せだよ。

「何が言いたいのよ……っ」

「素直に話して頼れって言ってんの……！　サキはあんたにとって何なの⁉　大事なんじゃないの⁉　頼れる人なんじゃないの⁉　だったら、辛いなら辛いって言って、泣くならサキの腕の中で思いっきり泣けばいいじゃん‼」

「……っ」

「それは、ずっとそばにいたあんたの特権なの‼　私にはどうやっても手に入れられないの‼　それに、サキだけじゃない。琴音には健吾や友達もいるじゃん‼」

頼れる仲間がいる琴音が羨ましい。

大好きな人の隣で笑ったり、泣いたりできる。そんな日常を過ごしている琴音が羨ましくて仕方ない。

「優しくしてくれる人を傷つけたり、遠ざけたりしたら、いつか絶対に後悔するんだよ‼」

私がそうだったから。

みんなを突き放して、傷つけて……ここに戻ってきた時に琴音と健吾に責められたことを私は忘れない。

私の自分勝手がみんなを傷つけた。

だから琴音にはそんな思いはしてほしくない。

「そんなこと、琴音だって十分わかってるでしょ……⁉　後悔してからじゃ遅いんだってば‼」

「……っ！」

私はその言葉とともに再び琴音を抱きしめた。

琴音は泣きながら何度も何度も私を突き放そうとするけど、私は離さなかった。

ここで離してしまったら、本当に私と琴音は親友に戻れない。

ここで離したらダメだとわかっていたから。

「離して……っ！　今さら戻ってきて……私から咲都を奪わないで……っ！」

「……奪わない。奪わないから……」

「嘘つき……っ。いっぱい、咲都を傷つけたくせに今さら何よ……っ」

「うん……ごめんね……」

言いたいことを言い合えばいい。

そんな簡単なことが私たちはできなかった。

意地を張って、素直になることを忘れて、いつからか本音を話すことさえできなくなっていた。

今、私たちに必要なのは信頼でも優しさでもない、伝えるという勇気。

「優しくしないで……っ。もっと醜く感じるから……っ！」

「私も琴音のこと羨ましくて仕方ないよ」

「……え？」

そう言った時、私を離そうとしていた手の力を緩めた琴音。

「ちゃんと告白できて、素直で、優しくて。女の子らしくてかわいくて……ずっと羨ましくて妬んでた」

「……」

「正直、サキと仲良くしているのだって嫉妬してる」

「……やっぱり咲都のこと……」

「でも、妬みとか、それ以上に琴音のことが大切で大好きなんだよ」

ちゃんと素直な気持ちを口にできた時、私の瞳からずっと我慢していた透明な雫が頬を伝った。

「……夏葵？」

「みんなにずっと会いたかった……っ」

本当は、ずっと、ずっと会いたくてたまらなかった。

「だから、琴音は私のことが嫌いでも、私は琴音のことを嫌いだなんて思ったことないし、これからもずっと大好き……っ」

涙で歪んだ視界の先に映っている琴音は、なんとも言えない表情で私を見つめていた。

そんな琴音の頭の上にそっと手を伸ばし、緑色の細い雑草を取ってぱらり、と地面に落とす。

「琴音にはみんながいる。だから、ちゃんと伝えてサキに幸せにしてもらいな。アイツだったら絶対に力になってくれるから」

ちゃんと瞳を見つめながら言ったはずなのに琴音は私から視線を外し、立ち上がると何も言わずにそのまま走り去ってしまった。

伝わったかな……？

私の気持ち。

本当に私はどうしたいんだろう。

サキの彼女になりたいのに、『幸せにしてもらいな』なんて……でも、私には選べない。

サキか琴音か、なんて。

どっちにも幸せになってほしい。

なんで、恋は誰かを傷つけてしまうんだろう。

この世に誰かを傷つけない恋なんて存在するんだろうか。

「ナツ……？」

目の前に現れたのはバスケの練習をしているはずのサキだった。

な、何してるの……？

というか、今こんな姿を見られたくない。

絶対に面倒くさいことになるに違いないから。

「こんなところで何してんの……って泣いてんじゃん」

私の元に駆け寄ってくると、地面に座っている私と視線を合わせるためにサキがしゃがむ。

額には汗が伝っていて、いつもはサラサラな前髪が汗で額に貼りついている。

その瞳から心配してくれていることが痛いほど伝わってくる。

だけど、私はその言葉に左右に首を振る。

まったく説得力がないってわかっているけど、今またサキの優しさを感じたら本当に諦められなくなる。

諦めないだとか想い続けるとか言っていたけど、本当はもう限界まできていた。

琴音がたくさん泣いているところを見て余計にそう思ったんだ。私のこの気持ちは誰かを不幸にするだけなんじゃないかって。

偉そうに諦めないとか言っているけど、叶う見込みだってないのに想い続けたって無駄なだけなんじゃないかと思ってしまう。

好きで、好きで、しょうがないのはわかっている。

嫌いになれないのも、簡単に諦められないことも、ずっと好きでいることも。

でも、でも……私だってどうしたらいいのかわからない。

この未完成の恋は、いったいどこに辿りつくんだろうか。

どうすることが正解で何が正しいことなのかなんて、考えても考えても答えは出てこない。

一生君を好きでいることは簡単なのに、君を嫌いになることなんて一生かけても無理なくらい難しい。

「……ほんと、嘘が下手だな」

そう言うと、私の頬を流れる涙を優しくそっと親指で拭ってくれたサキ。

私を見て呆れたように、でもどこか悲しそうに笑っているサキを視界に映すとやっぱり鼓動は簡単に高鳴ってしまう。

私……全然ダメじゃん。

めちゃくちゃ好きじゃん……サキのこと。

「ダメ、だよ……っ」

「ダメじゃない。お前が泣いてるのに放っておけねえ」

「……部活は？」

「抜け出してきた。ナツの声が聞こえてきたから」

そりゃあ、大声で叫んでたら聞こえるよね。

だったら、琴音の声も聞こえていたのかな？

「誰かになんかされたのか？」

「……ううん。なんでもない」

よかった。言い合っていたのが琴音だということはバレていないみたい。

バレていたらなんて言い訳したらいいのかわからなかったからよかった。

サキの手が私の頭の上へと移動し、優しく撫でられる。

弾かれたように彼の顔に視線を向ければ、サキは切なげに瞳を揺らして私をジッと見つめていた。

なんで……なんでそんなふうに見つめるの？

「俺には全部お見通しって、いつになったら気づくんだよ」

「え？」

「なんにもないのに、お前は泣かないだろ」

「……」

そう言われると何も言えなくなる。

私は基本、泣き虫なほうではない。

もちろん、それはみんなの前で強がっているだけで、一人になると弱く脆い人間。

「それに、お前はいっつも一人で泣く」

そう言うと私の体を自分の胸元にぐいっと引き寄せて、そのまま程よく筋肉のついた腕で優しく包み込んだ。

サキのTシャツから香る、柔らかくて落ちつく柔軟剤の匂い、彼の体温が私のすべてを破壊させた。

もう、どうだっていい。

神様、どうか。今だけは私のサキでいさせて。

明日からはまたちゃんと〝幼なじみ〟に戻るから。

琴音からサキのことを奪わないから……今だけはこのままひとり占めさせて。

「俺を呼べ。いつだって飛んでくるから」

「な、んで……っ」

「だから、だから……もういなくなるなよ」

耳元でボソッと呟かれた言葉。

たぶん言うつもりなんてなかったんだろう。

思わず漏れてしまった言葉のように感じたから。

だけど、サキは琴音のことが好きなんでしょ？

あの日……琴音のことを大事そうに見てたじゃん。

私がいなくたって琴音がいるじゃん。

なのに、どうしてそんなこと言うの？

「サキは……琴音のことを大切に想ってるんでしょ？」

「俺はナツを……」

「ストップ。とにかく琴音を大事にしなきゃ。抱きしめる相手、間違えてるよ……さっき琴音を見かけたから……いってらっしゃい」

「ナツ……」

本当はこのまま引き止めておきたい。

だけど、琴音のほうがもっとボロボロだと思う。

私なんかよりもずっと。ずっと。

だからこそ、好きな人……サキが行ってあげなきゃいけない。

「早く行ってよ……！　私が泣いてるのは目にゴミが入っただけだから」

そう言って、サキの体を引き離す。

今の私には、どうしてもサキの顔を見ることができなかった。

だって、見たらきっとしがみついて『行かないで』って、離したくなくなってしまうから。

想い合っている二人の邪魔なんてできない。

私はしょせん、外野なのだから。

「……花火大会の日だって本当はなんかあったんだろ?」

「え?」

なんで、サキってこういうところだけ鋭いんだろう。いや違う。こういうところにだけ敏感になってしまったんだろう。

サキは幼いころに母親が他に男を作って、家から出ていってしまったのを目の当たりにしている。

あの時のサキは見ていられないくらいで、触れたら壊れてしまいそうなほど脆く、弱っていた。

立ち去ろうとするお母さんの手を掴み、必死にしがみついたけど、あっさりと振り払われた手を何度も見つめているところを見ては、私は何度も心を痛めていた。

だからこそ、人の気持ちを感じ取ったり場の空気を読んだりすることが癖になってしまったんだ。

「俺に言えないことなのか?」

そりゃあ、言えないよ。

カップルのようなサキと琴音を見てショックで逃げ出した、だなんて口が裂けても言えない。

「そういうわけじゃないけど……」

「じゃあ、なんなんだよ」

「サキには関係ない……っ！　そんなことより早く琴音のところに行ってあげなよ‼　失ってから気づいても遅いんだから‼」

早く……早く行ってよ。

じゃないと、また泣いてしまうから。

こんなに突き放しても、君との距離は遠くならないし縮まりもしない。

「俺は……俺はお前のことを失いたくない」

「……は？」

「俺がこのまま琴音のところに行ったら、お前はまた一人で泣くんだろ？」

見透かしたような瞳が訴えかけてくる。

サキはいつもずるいよ。

私はいつもどうやったらサキへの気持ちを消せるのか考えているのに、サキはいつだってその考えを打ち消すようなことばかり言うんだもん。

「お前を一人にしたら……。またお前がどっかに行っちまいそうで」

「な、に言って……」

「頼むから……もう俺の前からいなくなんなよ」

顔を苦しそうに歪ませ、弱々しくそう呟いたサキは再び私のことを引き寄せた。

そんなこと言われると思っていなかった私は、何が起きているのわからず放心状態に陥った。

この街に戻って、初めてサキの弱い部分というか本音を聞いたような気がする。

たくさん傷つけてごめんね。

たくさん悲しませてごめんね。

突然いなくなってごめんね。

だけど、もう私とサキは戻れないんだよ。

だって、君にはもう大切な人がいるから。

〝琴音〟というかわいい女の子がいるから。

私なんかよりも、ずっと辛い思いをしている琴音のことを守ってあげないといけないよ。

「……どこにも行かないよ。私はここにいる」

そう言って、体を引き離す。

すると、今にも泣き出しそうな表情をしたサキと視線が絡み合う。

私まで泣きそうになってしまうから不思議だ。

「だから、早く琴音のところに行ってあげて。琴音のことを守れるのは、サキだけだから」

ぎこちない笑顔で言うと、サキは〝何を言っているのかわからない〟とでも言いたそうな表情を浮かべていた。

ごめん、琴音。

サキには言わないって約束してたけど、私には無理だった。

サキに嘘をついているのも、琴音が苦しんでいるのに何もしないことも。

「どういうことだよ……」

「詳しいことは琴音の口から聞かなきゃ。琴音を救えるのはサキだけで、ちゃんとお互い想い合ってるんだから……大丈夫だよ」

〝いってらっしゃい〟

その言葉が今の私には精一杯だった。

好きな人たちの背中を押すことがせめてもの恩返しだと思った。

どうか、君が幸せになりますように。

そう願いを込めて、今度はサキの体を強く強く押した。

よろけたサキが一度だけこちらを見た時、何かを決意したような瞳をしていた。

その瞳をしているなら、もう大丈夫。

「サキ、頑張れ！」

涙が出そうになるのを悟られないように必死に堪えて笑っていると、サキは何も言わずに前を向いて走り出した。

小さくなっていく背中を見つめながら、私の頬にずっと我慢していた涙がこぼれ落ちた。どんどん歪んでくる視界。それでも私はまっすぐに彼だけを見つめていた。

サキの背中が見えなくなるころには、地面には悲しみの印のように丸いシミがいくつもできていた。

「サキ……っ、好きだよ……大好きだよ……っ」

私の虚しい呟きは真夏の生ぬるい風に連れ去られ、消えていった。このまま、風に乗って君に届けばいいのに。

私はどこまでもずるい人間だ。

少しだけ、少しだけ期待してしまっていたんだ。

サキは走り出してから一度くらい私のほうを振り向いて様子を気にしてくれるんじゃないかって。

「なのに……一度も振り向かずに行っちゃうんだもん」

私は彼女じゃないし、サキの特別でもない。

ちゃんとわかっていたのに……どうしてこんなにも胸が締めつけられて、えぐられるように痛いんだろう。息をするのも苦しいくらい君のことが好きで仕方ない。

どうして、人は人を好きになるんだろう。

いっそのこと、運命の人が決められていたらもっとラクでこんなに泣く思いをしなくても済んだかもしれない。

私はしばらくその場で泣き続けてから、袋を持ち直して草を抜き始めた。

今ごろ、二人はちゃんと向き合えているんだろうか。

それとも、琴音はまだ事実を隠し通す気なんだろうか。

そんなことを知ったところで私は何も関係がないのだけど、やっぱり気になってしまう。

「こんなところで何やってんの」

「え？」

突然、話しかけてきたのは健吾だった。

驚きのあまり目を丸くしていると、健吾はそんな私を見てクスリと笑った。

「今日までに出さなきゃいけない書類を出しに来たんだ」

「あ、なるほど」

だから夏休みなのに学校に来てるんだね。

「夏葵こそ、どうしたの？」

「ＰＴＡの草むしり。おばあちゃんの代わりに来たの」

「そうなんだ。また泣いた？」

「げっ……やっぱりわかる？」

たぶん、まだ目が潤んでいるし、赤いからすぐにわかるんだろう。

家に帰ってどうやって誤魔化そう……。

「うん。咲都のことでしょ」

「正解。私はいつだって矛盾してるんだ」

「どういうところが？」

「二人が付き合わなければいいって、自分のものにしたいって思ってるくせに、頑張れって背中を押しちゃうんだよね。それで結局、虚しくて、悲しくて泣いちゃう」

「……」

「ほんと……バカだよね」

本当に自分でも呆れてしまうくらい、バカでもうどうしようもないくらいサキが好きなんだ。

どんなに傷つけられても、泣かされても結局サキのところに戻ってしまう私は本当に大バカ者だ。

「でも、諦められないんだろ?」

「うん」

「なら、仕方ないんじゃない」

「男なんてこの世に星の数ほどいるのにさ、サキの代わりは誰一人としていないんだもんね」

どんなに探したってサキに敵う人なんて現れない。

「……あのさ、夏葵」

「ん?」

「俺、夏葵のこと許さないって言ったけど撤回するよ。本当は心のどこかでもう許してたんだ。純粋にただひたむきに咲都を想ってる夏葵のこと」

そう言うと、健吾は優しい笑顔を私に向けた。

本当に……私のまわりの人たちは、どうしてこんなに優しさに溢れた人ばかりなんだろう。

「ありがとう……」

私がそう言うと健吾は左右に首を振りながら、地面に生えていた雑草を抜いて、私が持っていたビニール袋の中に入れた。

　こうやって、健吾だけでも誤解が解けたのはいいけど残念ながら私にはもうあまり時間が残っていない。

　もうすぐ、終わりが来る。もうすぐ、大好きな人たちのいない生活に戻らないといけない。

　だけど、あと少しだけ。

　あと少しでいいから夢を見させていて——。

Amethyst《アメシスト》

決断

【咲都side】

「琴音……！」

「……っ……」

「なんで逃げるんだよ」

ナツに琴音を追いかけろ、と言われた俺は琴音を見つけたが、琴音は何かから逃げるように走っていた。

琴音は、俺がすべてを諦めた時期にずっとそばで支えていてくれた人。とても感謝しているし、好きだと言える。

だから、俺の中にいるナツの存在に気づいていても、素直な気持ちをぶつけてきてくれる琴音と付き合ったほうがいいのかもしれない。そう思ったこともあった。

だけど、やっぱり幼なじみや友達以上の存在には見られなかった。

何より、ナツのことを何度も忘れようとしたけど俺のナツへの気持ちは深まるばかりで、再会したことで、その想いは強くなっていった。

そんな俺に、琴音は気づいていたようだった。

だからなのかわからないけど、ナツが戻ってきてから少し態度が変わり、以前よりも俺を束縛するようになった。

今、こうして俺から逃げているのも、ナツが関係しているのか？

「……さき、と？」

「……なんで泣いてんの？」

「どうして、ここに？」

明らかに動揺している琴音。俺が追っていることに気づいていなかったのか。

いったい、何があったんだ？

なんとなく琴音の様子がおかしい時があることには気づいていたけど、何も言ってこないから知られたくないことなのかもしれないと思い、知らないフリをしていた。

「ナツから……聞いた」

「……そっか」

「でも、ナツは琴音が泣いている理由は教えてくれなかった。ちゃんと教えてほしい。思ってること全部言ってほしい……だって、俺、琴音にはいっぱい支えてもらったから。今度は俺の番」

どう伝えたらいいのかわからず、思っていることをそのまま口にしただけ。

すると、琴音はゆっくり俺のほうを向いてから、すぐに胸元に飛び込んできた。

突然のことに驚いたが、小さく震えている琴音を優しく包み込む。

だけど、脳裏に焼きついているナツの泣いている姿がフラッシュバックされる。

こんな時まで俺はナツのこと……。

琴音は、ちゃんと俺の気持ちをわかってんだよな？

告白された時に琴音とは曖昧《あいまい》な関係にはしたくなくて『俺には好きな人がいる』と断ったけど、『それでも好きでいたい』と言ってきたのはお前だもんな。

だけど、告白されてからも琴音との関係をテキトーに築いてきたわけじゃない。ちゃんと大切にしてきたつもりだった。幼なじみとして、友達として。少なくとも、琴音をナツの代わりに利用したつもりはない。そもそも、ナツの代わりなんてどうやっても無理だし……。ただ、それは完全に俺の自己満足で、きっとたくさん琴音のことを傷つけていたに違いない。

「私、もう耐えられない……っ。咲都が夏葵と仲よくしてるのも……咲都のことで、いろいろな人たちから嫌味を言われたり、呼び出されたりするのも……っ」

「え……!?」

堰《せき》を切ったようにポロポロと涙を流す琴音。

俺の部活着が琴音の悲しく寂しさの詰まった涙で濡れていく。

俺は、言葉を失った。

だって俺のせいで琴音が、そんな目に遭っていたなんて知らなかった。

俺が思っていた以上に琴音は大変な目に遭っていた。俺のせいで嫌味を言われていたなんて、辛かっただろう。

もしかして……俺との関係が壊れるのが嫌で言えなかったのかな。

ナツとのことも……やっぱり気にしていたのか……。もうきっとバレたんだな、俺がまだナツが好きなことを。

でも、目の前で泣いている琴音を放っておくわけにはいかない。

ずっと、俺だけを見て、俺のことを支えてくれていた大切な人だから。

そうか。ナツは俺と琴音がすれ違わないように、そしてこれ以上、琴音が辛い思いをしないように俺に伝えてくれたんだ。

変わらない優しさに胸がジーンと熱くなる。

ダメだ。こんなに心の中がナツで溢れている。

俺とナツはもう戻れないのか……。

過ぎ去った時間は二度と戻らないのか……。

ずっと、ずっと、好きだった。

俺の目にはナツしか映らなかった。他の奴に興味なんてなかったんだ。

本気でナツだけを幸せにしたいと思っていた。

ナツは俺じゃなくてもいいのかもしれない。ナツじゃないといけないのは俺だけなのかもしれない。

「……ごめんな、気づいてやれなくて。辛かったよな」

そう言って、泣きじゃくる琴音の頭を優しく撫でる。

すると、琴音が涙でぐしゃぐしゃな顔を上げ、ゆっくりと口を開いた。

「咲都には、私だけを見てほしい……」

「……」

その言葉と声はあまりに切実で、俺は言葉を失った。胸がズキッと痛む。

だけど、今のこの状況で琴音を傷つける曖昧な言葉は返せない。

「いっぱい不安にさせて悪かった……。これからは、なんかあったら言ってほしい。俺がちゃんと守る」

「ほんと?」

ナツが言ったとおり、お前のことを守れるのは俺だけだもんな。

「ああ」

少しホッとしたように、でもどこか切なげに笑った琴音を、ぎゅっと抱き寄せた。

心の中を支配するナツへの気持ちに気づかれないように……。

なあ、ナツ。

俺たち、あの日にすべて終わっちまったのかな。

戻ってきてから一緒にバスケしたことも、二人でテスト終わりに海でラムネを飲んだことも俺は絶対に忘れない。いつだって、ナツは俺のことを一番に考えて行動してくれていた。昔からそうだった。

今回だってそうだ。

ちゃんと俺の背中を押してくれた。琴音と向き合うきっかけをくれた。

だったら、前に進まないといけない。あの時、何もできなかった自分にサヨナラするためにも……。

「咲都？」

その声で我に返ると、琴音が不安そうな顔で俺を見つめている。

「あー……ごめん。練習抜け出してきたんだった。また終わったら連絡するな」

「あ、そっか。私こそごめんね。本当に、ありがとう」

「お、じゃあな！」

俺はくるりと一八〇度回転して、すぐに走り出した。

あっぶねぇ……。ナツのことを考えていたのがバレるところだった。琴音は、勘がいいだけに……。

なあ、ナツ。

俺、本当はうれしかったんだ。

ナツがまだあのビー玉を持っていてくれたこと。

戻ってきた時、突き放されて本当は辛かったよ。

それでも、嫌いになんてなれなかった。

一緒に過ごす時間が増えるにつれて、ナツは変わっていなかったって思えることができて、よかった。

数えきれない思い出を、君と過ごした青色の日々を、俺は決して忘れない。

それはずっとこの先も俺の大切な宝物。

だから俺は……。

Ammolite《アンモライト》

過去を手放す

「なっちゃん。誕生日おめでとう。今日はケーキ用意してるからね」

「えー！　そんなのよかったのに！」

「なに言ってるの！　今日はなっちゃんの誕生日なんだから当たり前！」

朝からおばあちゃんに祝ってもらった。

うれしさから自然と頬が緩む。

そう、今日は私の誕生日。

あれから数日たった今、サキとは会っていないけど、あの日の夜にＳＮＳで琴音がサキとのツーショットを載せていたからちゃんと話せたんだと思う。

昨日はサキの誕生日だったから一応おめでとうのメッセージは送っておいたけど、返ってきたのは【ありがとう】のたった五文字だった。

いつものサキならもっと返してくるはずなのに、と落ち込んだのは秘密。

「準備するから、なっちゃんはこれで好きな物買ってきなさい」

そう言うと、おばあちゃんは私に一万円札を渡して『いってらっしゃい』とでも言うように手を振った。

「い、いいよ！　もらえないもらえない！」

「いいから。今日くらいとびきり甘えてもいいのよ」

おばあちゃんの優しくて陽だまりのような笑顔を見ると、心が和らいでいく。

今日くらい……いいのかな。

「ありがとう……」

おばあちゃんにお礼を言ってから、出かける支度をして家を出た。

何を買おうかなあ……。

この前、隣町のショッピングモールに行った時に見かけた新作のかわいい色をしたリップにしようかな。

でも、服も欲しいなあ。

欲しいものがありすぎて困る。

うーん、と悩んでいると後ろから「ナツ」と名前を呼ばれ、慌てて振り返るとそこには深刻そうな表情を浮かべたサキが立っていた。

何その顔……。

サキの深刻そうな表情からいい話をされるわけではないということは予測できているからこそ、聞きたくない。

今すぐここから逃げ出してサキの言葉を聞けないようにしたい。耳を塞いで音も何も聞こえないようにしたい。

サキの言いたいことくらい、わかるよ。

わかってしまうんだよ。

お願いだから、言わないで。

「どうしたの?」

「……あのさ、話があるんだ」

こんな道端で言われるのかな?

そんなの、あんまりだなあ。

「ちょっと場所移動しない?」

「……おう」

私たちは近くの小さな公園にやってきた。

どちらからともなく、木でできたベンチに座る。

気まずい空気が漂っているのがわかる。

「話って何?」

意を決して話を振ると、サキは黙り込んだまま何も言おうとはしない。

自分から誘っておいて……とは思うけど、きっとサキも私を傷つけてしまうのがわかっているからなかなか言い出せないんだろう。

「……あの、この前はありがとな。琴音が俺のせいで苦しんでたこと、まったく気づいてなかった……」

少し気まずそうに重い口を開いたサキ。

そんなことか……。

でも、それが本題じゃないのは知っている。

サキのことならわかってしまう自分が嫌になる。

「それはよかったね」

少し嫌味な言い方になってしまったかな？

そんなことを気にしながらサキのほうを見ると、ジッと滑り台を見つめていた。

こんな時に思うのもあれだけど、本当にサキはキレイな顔をしている。

まつ毛も長いし、鼻筋も通っているし、見るたびにカッコよくなっている気がする。

このキレイな横顔をスマホのカメラに収めておきたいものだ。

「ナツのおかげだよ」

「そんなことないよ」

「……でもさ」

「うん」

「俺らなんでこうなっちまったんだろうな」

そう言って、私の瞳をジッと見つめたサキの瞳は切なげに揺れていた。

どうして、そんな目をするの？

そんな悲しい目をしないでよ。

「ねえ、サキ」

「ん？」

「もう二人きりで会わないでおこう」

「え……」

中途半端な優しさなら、そんなのいらない。

会わないほうが私たちのためなんだから。

「それがきっといいんだよ」

「……」

本当はずっと会っていたい。

このまま寄り添っていたいけど、私といたってサキは幸せになれない。

サキは、もう私のものじゃないから。

友達の好きな人を奪うなんて無理だから。

サキの幸せも琴音の幸せも大切だから。

だから、私はこの選択は間違ってはいないと思う。

なのに、どうしてサキは何も言わないの？

どうせ琴音と付き合うんでしょ？

「……ナツは俺に会いたくない？」

本当にずるいよ。

なんでそんなこと聞いてくるの？

会いたくない？なんて反則だよ。

そんなの、会いたいに決まってるじゃん。

私だって、サキに恋してるんだよ。

そりゃあ、好きな人に会いたいって思うのは普通でしょ？

でも、私が『会いたい』ってワガママを言ったら、サキと琴音との関係は前に進まないままだ。

「……会いたくない」

こんなこと、口にしたくなかった。

本当は『会いたいに決まってるじゃん』と言いたかったのに。

私がそう言うと、サキは目を伏せて「そっか」と静かに呟いた。

私とサキは一緒になれないから。

サキは琴音といたほうが幸せになれるんだよ。

「ごめんな」

「なんでサキが謝るの？」

謝るくらいなら、こんなことしないでよ。

せめて、〝幼なじみ〟という関係でいてよ。

「なんか、いっぱい迷惑かけて……さ」

「迷惑なんて私のほうがいっぱいかけてるからいいの。それに私はサキが笑ってくれるなら……それでいいから」

その言葉に嘘はない。

ただ、サキが笑っているところを隣で見ていられるのは私じゃなく、琴音なのだと思うと胸が切なく疼いた。

サキには笑っていてほしい。

だけど、無理はしてほしくない。

サキは昔、まわりの空気に合わせて無理して笑うことがあったから、そんなふうにはなってほしくない。

「ナツ……」

「そのかわり、無理しちゃダメだよ？　サキのまわりには支えてくれる人がたくさんいるから大丈夫！」

君は優しいからきっとたくさん人が支えて、助けてくれると思う。

私がいなくたって君は生きていける。大丈夫。

「ナツに大丈夫って言われると、大丈夫じゃなくても大丈夫だって思えるから不思議だよな」

そう言い、少し切なげに笑う。

「何それ。私にそんな力ないんだけどなあ」

「あるよ。俺限定なのかもな」

ああ、本当にこのバカ正直はずるい。

今の状況でそんなこと言わないでよ。

もう会えなくなるのに、甘い爪痕だけ残していかないで。

「そうかもね」

でも、本当にサキなら大丈夫だと思うからそう言ってるんだよ。

君は気づいていないと思うけどサキは本当にたくさんの人から愛されているんだよ。

「ナツも、大丈夫だ。なんかあったら飛んでいくから」

「もう会わないって言ったばっかりじゃん」

「それとこれとは別だろ」

サキはそうじゃないのかもしれないけど、私はサキに一度会ってしまうとうれしさの余韻がすごくてなかなか忘れられないんだから。

「ダーメ」

「はあ？」

「もういいから、帰ろ？」

「……待って」

「何？」

「誕生日おめでとう。生まれてきてくれてありがとな」

まさかそんなことを言われるだなんて思っていなかったから思わず言葉を失う。

それにサキと会えなくなるショックのほうが大きくて、今日が自分の誕生日だということをすっかり忘れていた。

そういえば、私……おばあちゃんからもらったお金でショッピングするつもりだったんだ。

「……ありがとう」

こんなの、アリなの？

別れ際にお祝いするなんて……瞳に涙が溜まっていくのがわかる。

「送ってくよ」

「いいよ。今日はショッピングモール行くから。ありがとう、じゃあバイバイ」

自分でも素っ気なかったと思う。

だけど、もう限界だった。涙の波がすぐそこまで迫ってきているから早くここから離れないといけない。

サキの顔すら見ずに私はスタスタ歩き出した。

その瞬間、ポタポタとこぼれ落ちる涙。

誕生日にこんな辛い気持ちになるなんて思ってもなかったよ。

祝ってもらえてうれしいはずなのに、とても苦しくて切ない気持ちになる。

もう会えないから。大好きな人に会うことすらできない。

そうなったのは自分のせいだけど、私にはそうするしか他に選択肢がなかったんだ。

あーあ、最近泣いてばかりだ。

こっちに来て泣き虫になっちゃったのかも。

拭っても、拭っても幾度となくこぼれ落ちてくる涙を止める術を私にもうわからなかった。

ただ、涙を流した。

涙の誕生日になっちゃった。

「あー……好きだった、ほんとに」

ぽつり、と呟いたサキへの想いはミーン、ミーンと元気よく鳴くセミの声にかき消された。

よし。このことは早く忘れてショッピングに行こう！

せっかくの誕生日なんだから。

私たちは昔のようには戻れなかった。

過去はしょせん過去で、同じ時なんて流れない。

だから今日、私は過去にさよならをしたんだ。

大切だった、大好きだったあの時間を自分から手放した。

「今日は、占い一位だったのになあ……」

君のせいで毎朝見るようになった星座占い。

それも今日で最後にしないと。

流れる涙を止め、ショッピングモールで洋服を購入して、おばあちゃんとおじいちゃんが待つ家に帰った。

バイバイ、私の大好きなサキ。

バイバイ、私の一生に一度の初恋。

Topaz《トパーズ》

希望・友情

『俺らなんでこうなっちまったんだろうな』
そんなの、私が聞きたいよ。
私はサキとの永遠をただ信じていたいだけだったのに。
『もう会わないでおこう』
きっと、サキは優しいから突き放せないでしょ？
だから、私から突き放してあげた。
中途半端に優しくされるくらいなら最初から優しさなんていらないのに。
本当は会いたくて仕方ないけど、サキは琴音を大切にするつもりなんだ。
サキの心の中にもう私はいない。
どんなに叫んでも、サキには届かない。
いや、ちょうどよかったのかもしれない。
私とサキは結局離れ離れになってしまう運命なんだから。
「……お邪魔します」
「あら、どちらさま？」
「……昴《すばる》くん」
——私のタイムリミットはもうすぐそこまできている。
彼が来たということはもう時間はないということだ。

なぜ東京から彼が来たのかは、聞かなくてもすぐにわかった。

「迎えに来たよ」

ほら、やっぱり。

私を連れ戻しに来たんだ。

昴くんとは、私のお母さんの再婚相手の息子さん。

だから、血の繋がっていない兄弟ということ。

私が東京にいた時に唯一心を許していた同世代の男の子でもある。

またあの時と同じことをしようとしているけど……サキとちゃんとサヨナラをできた今、向こうに帰っても未練はない……はずだ。

「おばあちゃん、ちょっと散歩してくるね」

「……気をつけてね」

心配そうに見つめるおばあちゃんを安心させるために、笑顔で「大丈夫だよ」と言うと、おばあちゃんは「そうかい」と言って、優しい笑顔で手を振った。

「久しぶりだね」

外に出て、二人でゆっくり歩く。

こうして昴くんと並んで歩くのはとても久しぶりというか、会うこと自体が久しぶりだ。

こっちに来てから家族からの着信も連絡もすべて絶っていたから。

もちろん、昴くんとの連絡も。

ただ、おばあちゃんとお母さんは連絡を取り合っていたと思う。

「なかなか戻ってこないし、連絡もつかないから心配してたよ」

「ごめんね」

「二人も心配してたよ」

「……うん」

新しいお義父さんは嫌いじゃない。かといって、大好きというわけでもない。ただ、今回、この街に来ることでいろいろと迷惑をかけている。

「戻ってくる気はないの？」

「……戻るよ、そのうち」

「いつ？」

「それは……」

なんで、『今すぐ帰れるよ』って言えないんだろう。もうサキに未練はないのに。

琴音との関係だって、もう修復できないほどになっていることがわかったから、ここに残っている理由なんてどこにもない。唯一、健吾には申し訳ないかな……。

「……彼には会えたの？」

「会えたよ。でも最悪な形でバイバイしちゃった。彼ね、好きな人がいたの。相手も彼のことが好きで……。知らずにこんなところまで来ていい迷惑だよね」

会いたい、それだけだった。

声を聞いて、目を見て、話をして。ただ、それだけで満足だったのに……いつの間にかそれ以上の関係を望んでしまっていた自分がいた。

「……みんなとちゃんと話せたの？」

「え？」

「俺にも黙ってたことがあるでしょ」

どうして、昴くんは知っているの？

もしかして、全部バレていたのかな。お母さんとお義父さん、おばあちゃんとおじいちゃんしか知らないと思っていたのに……。お母さんが言ったのかな？

「いろいろあって……辛かったんでしょ？　だから、ここに来たんでしょ？」

「……」

何も言えなかった。だって本当にそうだったから。

でも神様は私のことを許してくれなかった。

ここに来たって、泣いてばっかりだった。

「ここに来ても泣いてるなら、もう帰ろう」

「……ううん」

「なんで？」

違うんだよ。たしかにここに来てもたくさん泣いたし、苦しいことばっかりだけど、それ以上に楽しいことだってある。

それに……。

「ここだと苦しくても、不思議と離れたくないって思っちゃうんだよ」

もうサキとは二人きりで会えないとわかっていても。

昔みたいに笑い合えないとわかっていても。

「そっか……あ、そうだ。俺ちょっとこっちで買いたいものがあったんだ。また、夕方になったら家に行くよ」

「えっ……ちょっと……！」

引き止めようとしたけど昴くんは止まってくれず、そのまま行ってしまった。

はあ、そういうところ本当に自由だよね。

でも昴くんはそこがいいんだよ。無理やり連れて帰ろうとはしないんだもん。

「夏葵……？」

「え？」

後ろを振り返れば、そこには健吾と琴音が少し戸惑ったような表情で立っていた。

なぜ二人が一緒にいるのかは知らないけど、小学校から仲のいい二人が出かけていても不思議じゃない。

「何してるの？　ていうか、今の人……誰？」

「あー……」

なんて言えばいいんだろう。

お母さんの再婚相手の息子さんだと正直に伝えるべきなのか。

だけど、そんなこと言ったら今まで隠してきたこと……私がみんなの前から姿を消したことや東京で何があったか知られてしまうかもしれない。

「もしかして、彼氏？」

琴音の鋭い言葉に圧倒されて、すぐには次の言葉が出てこない。

「お前……咲都のことが好きだったんじゃ……」

健吾が心底信じられない、とでもいうような表情で私のことを見ている。

怒ってしまったかな。健吾は私のことを許すと言ってくれたのに。

また、勘違いされている。

それはわかっているけど訂正するべきなのかわからない。

だって、私はまたどうせみんなと離れ離れになってしまうし、今度はもう戻ってこれないと思う。

「夏葵は咲都のことなんだと思ってるの……⁉」

琴音が大きな声を上げてそう言うと、ポロポロと泣き出してしまった。

私がいなかった間、サキのことを誰よりも近くで見てきて、彼がどれほど苦しんだのかをわかっているから……泣いているのかもしれない。

「夏葵……お前……最低だよ。結局、あの時と同じじゃねえかよ」

「……」

何も言葉が出てこなかった。

だって、本当に私は最低だと思っているから。

大切なのに、傷つけたくないのに……どうして素直に大切にできないんだろう。

こんなの、また裏切るようなもんじゃん。

二人の私を見る目が怒りに満ちている。

今さら、何かを思ったってもう無駄だ。

「咲都が四年近く……どんな思いで、お前のこと待ってたと思ってんだよ……！」

泣きじゃくる琴音の背中をさすりながら、しびれを切らしたように健吾が大きな声でそう言った。

「バスケだってそうだ……全国大会に行けばお前に会えるかもしれないって思って必死に頑張ってた。でも、中二の夏に全国大会の出場がかかった試合の一週間前に婆さん助けて交通事故に遭って全治三ヶ月のケガして……」

「……嘘」

それしか言葉が出なかった。

だって……そんなの、あんまりだ。

どこまでも神様は私たちを残酷に引き離す。

「嘘じゃないわよ！　もうバスケはできないかもしれないって医者から言われていたのに咲都はリハビリを頑張って、三年最後の夏に全国の舞台に立ったの！　でも、でも……っ」

言葉に詰まる琴音を健吾が慰めながら、代わりに健吾がゆっくりと口を開いた。

「……そこに夏葵の姿はなかった」

「っ……」

そりゃあそうだ。

その時、私はもうバスケをしていなかったんだから。サキに会える希望もなくて毎日を死んだように生きていたんだから。

「おまけに……咲都は見ちまったんだよ。東京で、お前が知らない男と仲よさそうに歩いてるのを」

あの時の私はサキを忘れなきゃいけないという気持ちでいっぱいだったから、他の男の子と付き合ったり、別れたりを繰り返していた。

こんなの言い訳に聞こえるかもしれない。

だけどね、中二の時は私もサキと同じ舞台にいたんだよ。

私もサキと同じ考えで、サキにもう一度会いたい一心で本気でバスケの練習を頑張った。受験があったから中二までだったけど。

幸い、うちのチームはバスケの上級者ばかりでチーム自体は強かったから無事に全国大会にいけたんだ。

だけど、そこに愛しいサキの姿はなく、会えないことを実感させられて親との約束どおり中二でバスケから手を引いた。

あと一年、私がバスケを頑張っていたらいい形でサキとまた出会えたかもしれないのにね。

つくづく、神様は意地悪だと思った。

「あんたのせいでサキは変わったの……っ。髪色が明るくなってピアスを開けたのだってそう……！　最近までバスケもせずに不良になってたんだから！」

そんなボロボロになったサキを支えたのは、琴音と健吾だったんだろう。

私がたくさん傷つけてしまったから。

傷つかなくてもよかったサキが私のせいで傷ついてしまった。

「……」

「なんか言いなさいよ……っ」

琴音に服を強く強く掴まれ強い口調で言われるけど、今の私には何ひとつ言えることなどなかった。

たぶん、今の私がどんなことを言ったって彼らには言い訳にしか聞こえないだろうから。

「やっと……やっと前の咲都に戻ってくれたのに……どうしてまた現れたの!? どうしてまた咲都を苦しめるの……!?」

「琴音……もうそのへんでやめておけ」

健吾が私の服にしがみつく琴音をそっと引き離す。

きっと健吾はもう冷静に今の状況を捉えられている。さっき私にキツい言葉を浴びせたのだって、サキのことを好きだという私のことを信用してくれていたからこそ出た言葉だと思う。

だからこそ、今こうして複雑そうな表情を浮かべて私を見ているのだろう。

「うぅ……っ」

だけど琴音は違う。

たくさん苦しんでいたサキを見ていたから、こんなにも琴音は私を恨んで許せないんだ。

私だってきっと琴音の立場だったなら許せないもん。

ただ、ひとつ言いたいことがある。

「……私が今こうしてここに立って息をして、生きているのはサキやみんながいたからだよ」

「……何を言ってるの？　キレイ事なら聞きたくない」

拒絶されたって仕方ない。

だけどこれだけは言いたかった。

私がどれだけ苦しんで命を絶ちたいと思っても、あのころにもう一度戻りたいだとかまたみんなに会いたいだとかサキたちと過ごした時間が私の命を繋ぎとめたんだ。

またみんなと会えることを信じて切れかけた糸を何度も何度も結んで、また切れそうになったらぎゅっと結んで……を繰り返して今ここにいる。

「暗闇《くらやみ》の中で私を照らした唯一の光はサキだった」

バスケを辞めて高校受験を頑張り、志望校に入れた。なのに入学してすぐにいじめられて、毎日ひどい言葉を浴びせられては物を隠されたり、とてもじゃないけど耐えられるような日々ではなかった。

「私……向こうの学校でいじめられてたんだ」

「「え……？」」

私の言葉に驚きが隠せず、声を漏らした二人。

「毎日、ひどい言葉を浴びせられて、物を隠されて、いつも一人で、会話をする人もいなくて、でもそんなこと誰にも言えなくて……なんのために生きているのかわからなくて、辛くて、息をするのが苦しくて仕方なかった」

呼吸しているはずなのにそれが苦しく感じていたあのころ。

「結局、お母さんにバレちゃったからここにいるわけだけど、それまでは家ではいじめられていることを隠すのに必死で、学校ではいじめに耐えるのに必死だった」

今、考えてもなんでそんな毎日からもっと早く逃げ出さなかったのかわからない。

でも、あのころはそれが正しいと思っていたのかもしれない。

私だけが我慢すればいい、とそう思っていたんだ。

もうすぐこんないじめなんて終わるから大丈夫。そう思うことでしか自分を保つことしかできなかった。

「でも、もう全部嫌になって逃げてきたの」

学校でのいじめから息をするのが嫌になった時、いつも私を救ってくれたのは思い出の中のサキだった。

どんなに苦しくても、サキにまた会いたいという思いだけでなんとか耐えて生きてきた。

「なんで……そんな大事なこと言ってくれなかったの⁉」

「言えないよ。こんなこと」

「俺たちのこと……」

「こうやって心配してくれると思ったから……！　みんな優しいから！　ただでさえ私はみんなの前から突然いなくなってたくさん心配をかけたのに……」

二人の言葉を遮って言った。

これ以上みんなに迷惑をかけたくなかったんだ。

「心配するに決まってんだろ。俺ら友達なんだから」

「咲都だって本当に心配して、ずっと会いたがってたんだよ？」

そんなの私だって……何度もみんなに、サキに会いたいと思ったことか。

「私だって本当は会いたくて会いたくて仕方なかった。この四年、ずっとサキを忘れたことなんてなかった。夢の中で会えた時は覚めないでと願って、桜を見たらサキと歩いて帰った並木道を思い出しては切なくなって、海を見ると夏にラムネで乾杯していたころや、あのラムネの味がすごく恋しくなって……っ」

言葉にすればするほど想いが溢れてきて、それが透明な涙に変わり、私の乾いた頬を濡らす。

ずっと、ずっと、私の中ではサキが中心だった。

私の世界はサキを中心に回っていて、サキのためならなんだって頑張れた。

「最初は向こうでもバスケはしてた。中二の時に全国大会にも出たけどサキには会えなかった」

バスケだってそうだ。本当は二年生でレギュラーなんて勝ち取れない、とまわりからは言われていたけどサキに会いたくてただそれだけのために毎日練習終わりに自主練をして、バスケの本だって読み漁った。

私の言葉に二人は驚き、言葉を失っている。

「気がつけばサキのことばっかり考えてて……考える時間が多くなるほど会いたくなって、一瞬だけでもいいから顔が見たくて……っ」

苦しくても辛くてもいつだって心にはサキがいた。

ポロポロ、とこぼれ落ちる涙を目の前から伸びてきた手が優しく拭った。

「何それ……っ、ほんとに、大好きなんだね」

そう言ったのは涙で顔がぐしゃぐしゃになった琴音だった。

「琴音……？」

「ごめんね。本当は心のどこかでわかってたんだよ……夏葵を責めても無駄だってことくらい……だって咲都ってば夏葵の話をするたびに苦しいくせにどこかうれしそうに話すんだもん」

そして、「ほんと、あんたたちの初恋ってば、こじれすぎ」と続けながら呆れたように笑った。

その笑顔は昔と同じようなキラキラとした笑顔だった。

「夏葵には敵わないよ。本当にたくさん傷つけてごめん……。でも、ずっと聞きたかった夏葵の本音が聞けてよかった。待ってたんだ。夏葵が話してくれるの」

「琴音……っ」

「傷つけたかわりにいいこと教えてあげる。咲都が立ち直ったのは夏葵がいたから」

「え？」

なんで私なの？

それは琴音と健吾が懸命に支えたからじゃないの？

「もう一度バスケをしようって決めたのも夏葵のおかげ」

「……そんなわけない」

「ねえ、『バスケしてるサキってカッコいいよね』って咲都に言ったことあるでしょ？」

それは、あるけど……。

離れ離れになる少し前にふと思ったことを口にしたんだ。そうしたらサキってばすごくうれしそうに笑ってたなあ。

「それ、思い出したんだと思う。いつかまた夏葵がここに戻ってきた時にいつもどおりの俺でいなきゃ夏葵に合わせる顔がないって言ってまたバスケを始めたの」

「っ……」

何よそれ……。

私が戻ってくる可能性なんてほんの少ししかなかったはずなのに。

どうしてそれをバカみたいに信じていられるの？

そんな、約束もしていないことまで。

「夏葵との思い出が咲都を奮い立たせたんだよ」

健吾が少しさみしそうにうれしそうに笑った。

「ほんと、夏葵には一生敵わないや」

そして、溢れ出る涙を抑えながら悔しそうに笑った琴音。

「……琴音、ありがとう」

「私こそいつも守ってくれてありがとう」

今までずっと切れかけていた糸がまた結ばれて、今度は切れかけたりなんてしないように固く、固く結ばれたような気がした。

「ううん。だって琴音と健吾は私の大好きな友達だから」

そう言って笑うと二人もつられて白い歯を見せた。

今度こそ、ちゃんと言わなきゃ。

私が、この街から姿を消した理由。

「じつは東京に行ってすぐお母さんが再婚して、その再婚相手の息子さんがさっきの彼なの」

「……そっか。勘違いして悪かった」

「でも、なんで相談してくれなかったの？」

琴音が、少し言いにくそうにそれでいて、寂しそうに呟いた。

「……みんなに知られたくなかった。ほら、私昔から心配されるの苦手だし」

すぐ意地を張ってしまう上に人に心配されたり頼るのが苦手な私は、みんなに言えなかった。

それに大切な人たちを私の私情に巻き込みたくなかったんだ。

「夏葵、友達っていうのはその場を楽しむだけの関係じゃなくて、心配したり、ケンカしたり、そういうのが友達っていうんだよ」

優しくほほ笑んだ琴音の隣で健吾も「そうだぞ」と言って私の頭をそっと撫でた。

私にはこんなにも温かくて優しい友達がいる。それだけで強くなれる気がした。

弱い自分が少しだけ成長できた気がするよ。

みんながいてくれるから、大丈夫だって。

「……ありがとう」

「辛かったよね。よく頑張ったよ」

私はこの言葉が欲しかったのかもしれない。

毎日必死に生きていたから。それを認めてほしかったのかもしれない。

その後も東京でのことを洗いざらい話し、わんわん、と泣きじゃくる私を二人は嫌な顔ひとつせず、琴音は私を抱きしめて慰めてくれて、健吾はそばで見守ってくれていた。

二人と、またこうして仲よくなれてよかった。

ありがとう。大好きだよ。

Ruby《ルビー》
純愛

【咲都side】


「おーい、立花」

「はい！」

部活が終わり、校門にいる先輩がまだ靴を履き替えている俺の名前を呼ぶ。

ったく……声でけえな。

校門から昇降口までなかなか距離あるぞ。

「待ち人がいるから急げー！」

また校門から声がした。

待ち人……？

誰だよ。琴音かな？

いや、今日、琴音は健吾と出かけるっつってたし。

そうだとするなら……もしかして……。

頭の中のスクリーンに愛しい笑顔が映し出されるけど、「いや、ねぇな……」と声を漏らし、一瞬で消し去った。

だって、『もう会わないでおこう』と言われたから。

そう言われた時、心臓を鷲掴みされているような気分に陥り、俺の心に深い傷を残した。

余計な考えを振り消し、靴を履き替えて急いで校門まで向かう。

「お待たせ……って誰？」

見たことのない顔。

記憶力がよくない俺だけど、この男は本当に見たことがない。

スラッとした高身長、グレーのパーカーにジーンズ。シンプルな服装だけど、それが似合っているキレイな顔立ちをした男。年は同じくらいだろう。

これだけキレイな顔立ちをしているなら、なおさら忘れるわけねぇし覚えている。だから、本当にこの人と俺は初対面なんだと思う。

「初めまして。突然すみません。僕、昴って言います。立花咲都さんですよね？」

なんで俺の名前を知っているんだ？

昴という男は優しそうに笑うとぺこりと頭を下げた。

「あー、はい。なんの用ですか？」

「少しお話がありまして……辰巳夏葵の話なんですが」

「ナツの……？」

こいつはナツのなんなんだろう。

フツフツと心の中に湧き上がる黒い感情。

「ダメですか？」

「いや、話しましょう。つーか、タメで大丈夫です」

「わかりました。僕もタメで大丈夫」

「了解。場所は俺が決めていい？」

「うん。そうしてくれるとありがたい」

どこにしようか。

こいつはナツの何を知っているんだろうか。

どんな話をされるんだろうか。

いろいろ疑問が頭に浮かんでくる。


結局、迷った揚げ句に来たのは、ナツとの思い出の場所……海だった。

もうここに来ることはないと思っていたのに、俺の決意は簡単に揺らいでしまう。

海について堤防に腰をおろすと、昴くんが青く輝く海を見つめながら意を決したように ゆっくりと口を開いた。

「俺ね、夏葵の弟なんだ」

「……は？」

ナツは一人っ子だから、弟なんていなかったはず……って、もしかして……おばさん再婚したのか？

「気づいた？　俺は夏葵のお母さんの再婚相手の連れ子だよ」

「……そんな……いつ、いつ再婚したんだ？」

「夏葵が中一の秋くらいかな。まあ、籍を入れても夏葵が苗字は変えたくないっていうから〝辰巳〟のままだけど」

中一の秋ってナツが俺たちの前から姿を消してすぐじゃねぇか。

ナツの本当のお父さんは事故で亡くなっていて、母親とばあちゃんたちで暮らしていたけど再婚したのか。

きっと、まだ中学生だったナツは母親についていくしか選択肢がなく、この街を去ったんだ。

……そんなこと、当時も今も何も言ってこなかったじゃねーか。

一人で必死にもがいて悩んでいたんだろう。

ナツと会った最後の日、様子がおかしいことに気づいていたのにどうして問い詰めなかったんだろう。

いろいろ後悔の波が一気に押し寄せてくる。

「俺が言うのもなんだけど、夏葵のこと許してやってほしい」

真剣な瞳でまっすぐに俺を見つめる昴くん。

許すも何も……俺はナツを恨んだことも憎んだこともない。ただひたすら純粋に好きだったんだ。

そりゃあ、突然いなくなるから心配して、たくさん傷つけられたけど嫌いになったことは一度もない。

「夏葵は、いろいろなものを捨ててここに来たんだと思うよ」

「……え？」

「夏葵にはここしかなかったんだ。君たちの住むこの街が彼女にとって最後の居場所だったんだよ」

最後の居場所……？

夏葵はあっちでも楽しくやっていたんじゃないのか？

だって、俺が大会で向こうに行った時、他の男と楽しそうに笑い合っていた。

「ここに来てよくわかったよ。夏葵ってあんなふうに笑うんだってね」

「……」

「東京に来たばかりのころは君に会いたい一心でバスケを頑張ってたんだよ。『サキは強いからね、絶対全国で会える』って毎日のように言ってた」

嘘だ……。

だって、全国大会にナツの姿はどこにもなかったじゃないか。

ナツは本当にバスケがうまかったから、全国に上がってくると信じていたから俺だって頑張れたんだ。

どんなに辛くても、苦しくても君を想えばなんでも頑張れたんだよ。

それくらい俺の中でナツは大きな存在なんだ。

「でも、そこに君はいなかった。受験だからバスケをするのは一年だけだと親と約束してたてね、だから夏葵は中三になる時、仕方なくバスケから身を引いたんだ」

もしかして……。

「ナツが全国に行ったのって中二？」

「そうだよ。強豪校で三年もいる中で二年がレギュラーなんて無理だって言われてたけど、夏葵の血の滲むような努力が実ったんだよ」

「そんな……っ」

まさか、ナツが本当に全国大会に来ていたなんて。

俺があの時、ケガさえしていなければナツに会えた。

俺たちは一年すれ違ってしまったんだ。

ナツは中学二年、俺は中学三年の時に全国へ。

こんな残酷なことってあるのか……？

知らされた真実に胸が痛くなり、現実を疑いたくなった。

神様のいたずらはどこまでも俺たちに残酷だ。

「それから夏葵は変わった。勉強は頑張っていたけど男たちと遊ぶようになって……たぶん君を忘れるのに必死だったんだと思うよ。夜になって一人で部屋で泣いてるのを何度も見たから」

そうだ。ナツは昔から人前では泣かない。

本当は辛いのに、本当は苦しいのに……それを自分一人の中で解決しようとして人を頼らない。

我慢して、耐えきれなくなって一人で泣くんだ。

「君からもらったって自慢げに話してたビー玉を握りしめながらね」

ビー玉……それなら俺も今も大切に持っている。

ラムネの中に入っていたビー玉を家で取り出して、お互い交換したんだ。

俺はナツが好きだったから、それは俺の提案だった。

「それに追い打ちをかけるように、夏葵は高校に入学してすぐ、いじめられるようになったんだ」

ナツの弟の衝撃的な言葉に俺は言葉を失った。

ナツがいじめられてた……？

「なんでナツが……」

「嫉妬だよ。ナツは誰とでも仲よくなれるし、男子からモテてて、女子から反感を買っていじめられてたんだ……。もうバスケはやめていたのに、地元では知られた存在だったしね」

まさか、あのナツがいじめに遭っていたなんて。

そういえば、この街に帰ってきた時も妙に人の顔色をうかがっていた。

それはいじめられていたころの癖なのかもしれない。

「……知ってたなら、なんで助けてやらなかったんだよ」

これだけ詳しく知っていたなら、なんで助けてやらなかったんだ。

「俺だって母親から聞くまで知らなかったよ。君も知ってるだろ？　夏葵の性格を。ギリギリまで言わなかったんだよ、誰にも。家でも普通に過ごしてたんだから」

ナツはずっと……ずっと苦しんでいたんだ。

何度も何度も心の中で助けてって叫んでたはずだ。

だけど、当然ながら誰も振り向かない。

どれほど明日が来るのが嫌だっただろう。

いったいどれだけの涙を一人で流したんだろう。

ナツの心の傷を考えるだけで苦しくて、息が詰まりそうなほどだった。

「いじめに耐えきれなくなった夏葵は家に引きこもるようになって、それを見かねた両親が転校することを提案したんだけど夏葵がこっちに帰りたいって言ったんだ」

だから、ナツは琴音に『逃げてきた』と言ったんだ。

重苦しい現実から逃げたくて、ここに来たんだ。

ナツにとって、心を安らげる場所はここにしかなかったんだ。

なのに、俺は、俺たちは……。

ナツを余計に苦しめたんじゃないのか？

「両親に言われたよ。『夏葵を連れ戻してこい』って」

「……連れていかないでくれ、頼む」

何があっても、ナツは帰さない。

もう二度とナツを一人で泣かせたくない。

いや、今まで散々泣かせておいて、と思われるかもしれないけど……だからこそ、
これからはもう寂しい思いをして泣かせたくないんだ。

「俺もそうしたいんだけど両親は頑固だから」

「……俺からナツを奪わないでくれ」

ナツは俺のものじゃない。

俺もナツのものじゃない。

だけど、もう二度とナツと会えなくなるなんてそんなのごめんだ。

ナツに会えない日々は本当に辛い日々でいつまでたっても忘れられなかった。琴音

だって気づいていたはずだ。俺がまだナツを好きでいたことくらい。

それに今だってこんなにも会いたい気持ちで溢れている。

その気持ちを利用した俺は誰よりも最低なのかもしれない。望みどおりにいかないのもすべて俺の行いの悪さだ。

「……俺が諦めて帰っても、すぐに両親がここに来ると思う」

「もう離れ離れは嫌なんだよ……。ナツがいないと意味がねぇんだよ」

もう俺の前からナツがいなくなるなんて嫌なんだよ。

ナツがちゃんと弱音を吐ける場所に俺がなるから。

だから、もうどこにも行くなよ――。

「咲都くん……」

「ナツは……ナツはこれから俺が歩んでいく人生の中で必要不可欠な、すげー大事な存在なんだよ」

ナツがいなくなってから俺はどうしたらいいのかわかんなくて、バスケを続けたら会えるって信じてた。

だけど、会えなくて。

それでも、それでも好きの気持ちが薄れることなんてなくて、裏切られたってまたきっといつか会えるってずっと信じて待っていたんだ。

途中で、情けない道に走ってしまったけど、こうして今、元の道に戻れたのは琴音と健吾のおかげでもあるけどナツの存在が大きかった。

きっとあのころの俺を見たらナツは悲しそうに笑うと思ったから。それにバスケをしている俺をカッコいいと褒めてくれたことがあったから。

単純だと思われたっていい。それでいいんだ。

恋なんて、単純でいい。

複雑になればなるほどわからなくなるんだから。

「それ、ちゃんと夏葵に言ってやってよ」

「……ダメだ。俺たちはもう会わないって……」

「それって本心じゃないよね？」

そりゃあ、本心じゃない。

ナツに一方的に言われただけだ。

今だってこんなにもナツのことで頭がいっぱいで会いたい。

「……俺は、ずっとナツが好きだよ」

「咲都くんがどうしても会わないっていうなら無理は言わないけど、絶対に一生後悔するよ」

「……」

そんなこと、わかっている。

取り返しのつかないことになるってちゃんとわかっているけど、俺だってどうしたらいいのかわからない。

「夏葵のことだから、夏葵から『もう会わない』とか言ったと思うけど、そんなの嘘だからね」

「……なっ！」

反論しようとするけど、まるで俺とナツのやりとりを見ていたかのような昴くんに返す言葉が見つからない。

「それに、咲都くんも夏葵を手放したら幸せになれない。素直になることって簡単に見えて難しいことなんだよ。だけど、素直にならないといけない時もあるんだ」

昴くんの言葉が心に重くのしかかる。

俺がしようとしていることは琴音のためにもナツのためにもならないのか？

俺の自己満足なんだろうか。

「俺はみんなに幸せになってほしい。俺はよそ者だけど、夏葵を見ててわかったよ。みんな互いに大切だと思っているんだなって。そんな関係ってそう簡単に築けるものではないし、素敵なことだなあってさ」

穏やかにほほ笑みながら言う昴くん。

優しく俺の背中を押してくれているんだと思う。

だったら、俺はそれに応えてナツに会いに行かないといけない。

琴音にも本当のことをちゃんと言おう。

もう逃げない。目を逸らさない。

「ありがとな……お前のおかげで決心できた」

「うん。頑張れ」

「そろそろ、戻るか」

本当は今すぐにナツに会いたいけど、都会から来た昴くんを一人で帰すのは危険だと思ったから途中まで見送ることにした。

「ここからはなんとなくわかるから。ありがとう」

「そっか。んじゃあ行ってくる」

「いってらっしゃい」

優しく手を振る昴くんに俺も手を振りながら琴音の家まで走り出した。

先にちゃんと琴音との関係にケジメをつけなきゃなんねぇ。

きっと、傷つけてしまう。

だけど、俺がこのまま中途半端な態度をとるほうが琴音の幸せを奪ってしまう。

家につくと、インターフォンを鳴らす。

少ししてからガチャとドアが開いて中からラフな服装をした琴音が出てきた。

「よっ」

「咲都？　いきなりどうしたの？」

突然来たから俺の顔を見るなり、驚いた表情を浮かべる琴音。

「……話があって来たんだ」

そう言うなり、琴音の瞳が切なげに揺れた。

そして、ぎこちなく笑いながら口を開いた。

「奇遇だね。私も話があったんだ」

「え？」

「私から話してもいい？」

「あー、いいよ」

何を話されるんだろう。

ナツのことだろうか。

今、琴音に泣きつかれたら俺は手放すことができるのだろうか。

あー、俺って意思弱すぎ。

「あのね、私、咲都のことやめる」

「……え？」

まさか、琴音からこんな話をされるなんて思ってもいなくて驚きの声を漏らす。

すると、琴音が意地悪そうに笑いながら「なんかうれしそうだね」と言った。

「んなわけねえだろ……」

うれしくはない。ただ特別悲しいわけでもない。

でも、俺はもう決めたんだ。

ちゃんとナツに伝えるって。

「ほら、早く夏葵のところに行きなよ」

琴音の口から〝夏葵〟という名前が出てきたことに驚いて視線を琴音のほうへ向けると、「気づいてないとでも思ってた？」と、切なげに笑いながら言った。

「バカだなあ、咲都って。最初からわかってて告白したんだし。でもそれでもよかったんだ」

「……」

「でも、なんかもう嫌になった。私もちゃんと愛されたくなったんだよね」

……琴音。お前はいつだって俺を愛してくれた。

そのことはちゃんと伝わっていたよ。

「……お前はいつでも俺のこと考えててくれたのにごめんな」

「何を言ってんだか……私はちゃんと咲都からたくさんの愛情を注いでもらったって思ってるよ」

「ありがとな、琴音。幼なじみとして……友達として……好きだったよ。これからも、それは変わらねぇけど」

俺がそう言うと、琴音は一瞬大きく目を見開いて瞳からポロポロと涙を流しながら優しくほほ笑むと、「こちらこそありがとう」と言った。

「これからは友達としてよろしくね。ってことで、早く夏葵のところに行ってきなさい！　ずっと会いたかったんでしょ？　ほら！」

勢いよく手を振る琴音。

そんな琴音の言葉に俺は感謝しながら頷くと、また走り出した。

「……咲都のバカっ……私もほんと好きだったよ」と琴音がたくさんの涙を流しながら呟いていたことなんて、すぐに走り出してしまった俺の耳には届かなかった。

「ナツ……っ！」

家まで走っている途中、愛おしい背中が視界に入り、思わず叫んだ。

すると、振り返ったナツは戸惑いの表情を浮かべながら「……サキとはもう会わないって言ったじゃん」と言った。

たしかに言われたけど、もう耐えらんない。

「俺、俺……やっぱお前に会えないとか無理」

「……っ」

「だから、会わないっての撤回しよ。まぁ嫌でも学校では会うけど……」

俺の言葉にナツは静かに左右に首を振った。

でも、こんなことで折れるくらいの俺じゃない。

たとえ、恋人になれなくてもお前と会えなくなるなんてそんなの嫌なんだ。

「昴くんから全部……聞いた」

「え……？」

「ナツが向こうでどんな生活してたかも全部聞いた」

俺がそう言うと、ナツの表情がわかりやすく曇った。俺には、知られたくなかったんだもんな。

「同情なんて、いらないから」

「……またそうやってすぐ強がる」

強がって言いきった彼女をそっと包み込む。

すっぽりと俺の腕の中に収まる彼女をとても愛おしく感じる。

「やめてよ……っ」

「やめねぇよ。だってナツ震えてるから」

きっと、思い出して恐怖で震えているんだろう。

本人は気づいていなかったのか「そんなわけない」と首を振る。

「……ごめんな、守ってやれなくて」

「私を守るのはサキの役目じゃないよ。っていうか、早く離れてよ」

ナツが泣いているのはわかっている。

その証拠に俺の肩が涙で濡れているから。

ゆっくりと体を離すと、ナツは無言で体を回転させるて俺を置き去りにして歩き始めてしまう。

「待てよ」

慌ててがしっ、と掴んだ手首。

細くて今にも折れてしまいそうなくらいだ。

こんな小さくて華奢な体でいろんなもん背負って、苦しめられて、どれだけ生きることが嫌だっただろう。

「なんで引き止めるの……？」

「ナツ、これだけ聞いてほしい。だからこっち向いて。俺の目を見て」

そう言うと、ナツはゆっくりとこちらを向いた。

視線は下がったままだけど、それでもいいや。

今、精神が乱れているナツに好きだなんて伝えたってダメだと思う。

だから、代わりに今俺が思っていることを伝える。

「……生きてくれてありがとう」

ずっと、苦しかったよな。

それなのに生きてくれてありがとう。

そのおかげで俺はまたお前と会うことができた。

ナツは暗闇を照らす光。

すると、ナツは弾けるように頭を上げて俺のことをジッと見つめる。その瞳には徐々に涙が溜まっていき、やがてツーっと頬を伝う。

「他にも言いたいことはたくさんあるけど、それはまた今度な。今はこれを言うのが精一杯だわ」

「……バカっ」

「お前なぁ……」

恥ずかしさからおちゃらけようとした時だった。突然ナツがぎゅっと俺の服にしがみついてきた。

「……ナツ？」

「バカバカ……っ。サキのバーカ……っ‼」

「おいおい……」

俺の胸をトントンと叩くナツ。

だけど、それは次第に弱まっていき、少ししてからナツは動きを止めた。

「……ありがと。私、生きててよかった」

そう小さく言ったナツの声はちゃんと俺の耳に届き、何も言わずにただそっと頭を撫でた。

それからしばらくして、ナツが泣きやみ、俺は家まで送っていくことにした。

「別に送っていかなくていいって言ったのに」

「かわいくねえ言い方」

「悪かったわね！」

もういつもどおりのナツに戻っていて、胸をホッと撫でおろす。

「まあ、たまにかわいいところもあるけどな」

「はあ?」

「あー、そういえば昴くんって、いい奴だよな」

「でしょ?」

本当に見ず知らずの俺たちのためにここまでしてくれる優しい奴だ。

それから他愛もない会話をしながら家まで送った。

「じゃあ、またな」

「……うん、またね」

〝さよなら〟じゃない、〝またね〟。

これからも愛おしい君に会える。

そう思うだけで心が弾み、鼓動が甘い音を奏でた。

Amber《アンバー》

大きな愛

あのあと、昴くんはこっちに一泊してから私に伝言を残して東京へと帰っていった。

そして、みんなに黙って東京へ行った理由を改めて話してから少しして、琴音がサキに『諦める』と言ったことを琴音から聞いた。

それでよかったのか？と琴音に聞いたけど、『まあね。好きでもない人と付き合うなんて嫌でしょ？ それに私だって自分のこと好きな人と付き合いたいって思ったから。咲都にはもう十分幸せもらったよ』と穏やかな笑顔を浮かべて言っていた。

すべてを正直に話してくれた琴音と健吾には、私がもうすぐこの街を出ていかないといけないことをちゃんと話してある。

サキにはまだ言えていない。

早く言わなきゃいけないのに。

昴くんから伝えられたのは、『夏休みが終わったら帰ってくること、だってさ』という両親からのメッセージ。

どうして、私はみんなのそばにいられないんだろう。

大好きな人の隣で笑うことが許されないんだろう。

夏休みが終わるまで、あと二日。

今日はサキに誘われ、海に行くことになっている。

泳ぎに行くわけではない。東京に戻ることを伝えられるチャンス。

そして、思い出にさよならをしに行くんだ。

「……はあ、行こう」

あまり乗り気ではない。

だって、もっとサキを好きになってしまいそうだから。

「おっす」

外に出ると家の前にサキが立っていた。

私は何も言わずに片手をひょいと上げる。

「ん」

ひとり言と間違えるくらいの声で、しかもたったそれだけ言われただけなのに、私は当たり前かのようにサキの自転車の荷台に乗った。

サキのことならほとんどなんでもわかってしまう自分が嫌だ。一緒になれないってわかっているのにどうしてこんなにも好きになるんだろう。

「今日も風が気持ちいいな」

「そうだね」

サキの自転車のカゴにはラムネが二本入っている。

たぶん、私を迎えに来る前に買いに行ったんだと思う。

本当にどこまでも優しい人だ。

そんな優しさに胸がぎゅっと締めつけられる。

「あー、夏休みの宿題終わってねぇ」

「早くやりなさいよ。もうすぐ新学期だよ？　バカ」

「ほんとは七月中に終わってるはずだったんだけどなー」

「ほぼ一ヶ月も遅れてますけど？」

私はサキと一緒に新学期を迎えることができない。

また、東京に戻って息苦しい生活を送るんだ。

楽しかった日々は帰ってこない。

「おっかしいなー。まだ八月上旬じゃね？」

「あんたの頭がおかしいんだよ。それ」

「うわあ、ひでえ」

そう言いながらクスクスと笑うサキにつられて私まで笑ってしまった。

「ほんっと、サキといると飽きない」

「俺も。ナツといると楽しいよ」

なんとも言えない空気の中、私たちのことを包み込むようにぬるく、そして温かい風が吹く。

このまま、時間が止まればいいのに。

止まってしまえ。永遠に君との時間が続いてほしい。

もうすぐ、さよならだなんて嫌だよ。

「やだなー、もう。なんか恥ずかしい」

「お前から言い出したんだろ！」

「あ、そうだっけ？」

「とぼけんなよー」

こんなにも君への気持ちは膨らんでいくのに。

好き、好きだよ。

思わず、サキのTシャツをぎゅっと掴む。

会えなくなるなんて、考えたくもない。

だけど、私が思っているよりもずっとサキといられる時間は残り少ない。

「ごめんってばあ」

「アイス奢ってくれたら許す」

「うわ、それ私がよくサキに言ってたことじゃん」

「懐かしいなー、なんかあったらすぐそれだったもんな」

「ほんとだね」

好きで、好きで、仕方なくて、君といられるこの時間がたまらなく愛おしく感じて、何度も君の背中を見つめて、振り返った優しい笑顔に癒されて、すべてが輝いていたあのころ。

今も、まるであのころに戻ったように輝いている。だけどそれもあと少しで輝きを失う。

キラキラ光る宝石が輝きを失って、ただの石ころになってしまうんだ。

「そう口では言ってても、ナツは俺にあんま奢らせたことなかったよなあ」

「だって、そんなの悪いじゃん」

「そういうのは男に払ってもらえばいいんだよ。女はもらえるもんは全部もらっとけって」

「何それ、急にサキが別人に見えた」

あのころのように戻ったようだと言ったけど、あれは少し違っていたかもしれない。

私たちはお互い成長して、中学生のころには持っていなかった考えや気持ちを持ち始め、大人に近づいているのだと実感させられた。

「俺も大人になったからな」

「まだまだ子どもじゃん」

口ではそう言っているけど、本当は私が一番サキの変化に気づいてる。

以前は寝癖がぴょん、と跳ねていた髪型も今はきちんと今風の髪型にワックスでセットされていてるし、当時はなかった光に反射してきらりと輝くピアス、何より、ずいぶん大きくたくましくなった背中。

時間は確実に進んでいる。

どれだけ私が止まれと願っても止まらない。

永遠なんて、絶対にない。

だけど、サキと過ごしていると絶対ないとわかっている永遠でさえ、本当にあるんじゃないか、と思ってしまうんだ。

「俺が子どもならナツは幼稚園児？」

「はあ？　私のほうが絶対精神年齢上だし」

「いやー、わかんねえぞ。ナツって案外子どもっぽいところあるし」

「うるさい」

そんなくだらない話ばかりをしていると、視界に飛び込んできたのは、どこまでも果てしなく続く青の世界。

「……キレイ」

ふと、漏れた声にサキが「いつ見てもキレイだよな」と穏やかな声で言った。

自転車を停めて、今日は砂浜のほうへと行く。

ちょうど、砂浜の真ん中くらいの位置にある丸太に二人並んで腰をおろす。

いつも堤防だったから、新鮮な景色だ。

向こうに戻ったらサキとはもう永遠にさよならだとわかっているから胸が苦しくなるけど、この海を見ていると不思議と穏やかな気持ちになれる。

どこまでも続くこの水平線の先に君がいると思うと、いつまでも繋がっていられるような、そんな気がしたから。

はい、と渡されたラムネをぐびっと飲む。

口の中でしゅわしゅわと爽快に弾ける炭酸。

懐かしい味になんだか泣きそうになる。

もうこんなふうにラムネを片手にサキと海を眺めることもなくなるんだと思うと、どうしようもないほど切なくなる。

ちゃんと、言わないと。

私がいなくなること。今度はちゃんと自分の言葉でさよならを言わないといけない。

「なあ、ナツ」

「ん？」

私が話す前にサキが話しかけてきた。

「俺、ナツがいなくなって正直辛かった。ナツがいなくなるなんて考えたことがなかったし」

「……うん」

「ナツはいつだって俺を守ってくれて優しく包み込んでくれた」

優しく目を細めて、海を眺めているサキの横顔はとてもキレイでカッコよくて思わず見とれてしまうほどだった。

トクン、と高鳴った鼓動は、君への想いが増した愛おしい音。

「……ずっと」

「あのね、サキ」

私は怖くて、それ以上サキの言葉を聞いていられなかった。

このまま離れ離れになってしまうのに、サキの言葉を聞いてしまったら私は余計に戻りたくなくなってしまう。

また、サキを傷つけてしまう。

言葉を遮った私のほうを静かに見たサキ。

絡み合った視線。切なげに不安そうに揺らぐ瞳を見ていると胸を鋭利な刃物で切り裂かれたように痛む。

「私ね、夏休みが終わったら向こうに帰るの」

私がそう言うと、サキの表情は一瞬にして動揺と悲しみに満ちた表情へと変わる。

ごめん……ごめんね、サキ。

「嘘だろ？　冗談だよな。ハハ。今日はエイプリルフールじゃねぇぞ？」

ハハハ、と作り笑いをしているサキ。

「本当だよ。もうサキに会うのはこれで最後」

「……そんなの嫌だ」

「……ほんとにごめんね」

私は謝ることしかできない。

溢れ出そうな気持ちを抑える。

できることなら、今すぐ抱きしめて、サキの頬を流れる涙を拭って、『好きだよ』と伝えたい。

「だって、やっと会えたのに」

「……」

「……私がサキを好きになるのは、神様が許してくれないみたい」

神様はいつも私たちの邪魔ばかりする。

三年半前だって、この街を出ていくことがなければ私はサキの隣で幸せそうにして歩いていたかもしれない。

勝手に私とサキが出会ったのは運命だなんて思っていただけで、本当は出会わなければよかったんだ。

どこかで自信があったのかもしれない。

サキは私のことを好きでいてくれている。

サキだけは、私のことを待ってくれているんじゃないかって。

「ナツ……」

「こんなに苦しい思いをするくらいなら戻ってこなきゃよかった……っ」

君のことを想ってこんなにも涙を流すなら……。

君のことを想って胸が壊れそうなほど苦しいなら……。

君のことなんて、忘れてしまえばよかった。

「……」

「私は神様に嫌われてるんだよ……っ」

私のような人は日陰で生きていくんだ。

君は太陽みたいな人だから。

神様に嫌われた人間は幸せにはなれない。

「サキと私はどうやっても……っ」

――結ばれない。

言い終わる前にふわっと抱きしめられた体。

突然のことすぎて、何も言葉が出てこない。

「サキ……？」

やっと、出た言葉は愛しい君の名前。

「……それ以上は言うな」

苦しそうに呟いたサキの声はとても弱々しかった。

どうして……どうして今、抱きしめるの？

そんなことしたら余計に忘れられなくなる。

そのぬくもりが、優しさが恋しくなってしまう。

「……離れてよ」

そう言ってみるものの、サキは一向に離れようとはしない。

「離れてってば……！」

「嫌だ。離さない。もう離したくない。叶うならずっとこのままこうしてたい」

「っ……」

今にも消え入りそうな少し震えた声で言われると、ダメだとわかっていても何も言えなくなってしまう。

全身で感じるサキの体温が愛おしくて、離れたくなくて本能のままにサキを求め、強く、強く、抱きしめていた。

どうして私たちは出会ってしまったんだろう。

どうして恋に落ちてしまったんだろう。

どうしてもっと早く素直になれなかったんだろう。

これ以上にないくらい好きで、大好きなのに……。

君が愛しくて愛しくてたまらないのに……。

寄り添い合うことができないなんて。


「……あー、ナツに泣かされた」

「勝手に泣いたのはそっちじゃん」

しばらくして、お互い落ちついた。

また海を眺めて何をするわけでもなく、ただ同じ時間を過ごす。それだけで十分幸せだった。

私たちはこうして二人で何気ない時間を過ごすことがどれだけ大切なことなのか、ちゃんとわかっているから。

今まで当たり前だと思っていたことなんて何も当たり前なんかじゃない。いつどうなるかなんてわからない。

失うことの怖さを知っているからこそ、永遠なんてないことを知っているからこそ、大好きな人との時間は大切に感じる。

「冷てぇな」

「ほら、涙拭《ふ》いてあげるじゃん」

そう言って、親指でそっとサキの頬を流れる涙を拭う。すると、サキは少し照れたように顔を赤くして笑った。

「やめろよ、恥ずかしいな」

「はあ？　私の優しさを踏みにじったなあ」

「それは悪かったって」

「絶対に悪いと思ってないでしょ」

「思ってるって」

「ほんとかな」

あと少しで、終わってしまう。

サキと過ごす時間も、私の恋も。

未完成な恋はいつまでも彷徨《さまよ》い続ける。

「そろそろ、帰るか」

そっと名残惜しげに言ったサキの言葉に静かに頷いた。

行きと同じように自転車の荷台に乗って、帰路までの道のりを行く。

お互い、別れが近いことをわかっているからなのかいつもよりも口数が少ない。

「あー、楽しかった」

「俺も」

「ありがと、サキ。いつも優しくしてくれて」

「やめろよ。一生会えねえみたいじゃん」

サキは真面目な声でそう言うけど、本当にそうなんだよ。

たぶん、向こうに行っちゃったら私はもうサキとは会えなくなる。

どんなに願ったって叶わない。

もう一生会えなくなっちゃうんだよ。

そんな気がした。

「そうだね」

私はそう言うことしかできなかった。

サキへの想いは一生消えない。

だからずっと私の胸の奥に大切に、大切にしまっておくことにするよ。

私はサキに『好き』だと伝えちゃダメなんだ。

だって伝えてしまったら、離れたくなくなるから。

サキをまた傷つけてしまうから。

「夏休みなんてさ、あっという間だったな」

「だね」

「ナツがいたから余計に早く感じた」

「またまたぁ」

内心、喜びながらも照れ隠しでサキの背中をポンッと叩いた。

いきなり叩いたからなのか、自転車はぐらっ、と揺れてバランスを崩した。

「おわぁっ！　危ねぇな！　転けても知らねーよ!?」

なんとか、立て直し転ばずに済んだ。

さすが、運動神経がいいからこういう状況を立て直すのうまいなあ、と感心する。

「転けたらサキのせいにしてた」

「おいおい！　お前のせいだろ！」

「ほらほら、しっかり前見て運転してー。じゃないと、また転けそうになるよ」

「うるせぇな。そんなこと言ったらわざと落とすぞ？」

「そんなことしたら自転車だけ盗んで置いて帰るよ？」

「うわあ、窃盗じゃん」

「たしかに」

おかしくて、二人ともぷはっと噴き出して笑う。

こんなくだらないことで笑い合えるのもあと少し。

本当はずっと、くだらない話をしてサキと笑い合いたい。

「あー、笑った笑った」

「誰かさんのせいで笑い止まんなかった」

「マジでそれな」

ああ、どうか。

この時が一秒でも長く続きますように。

もっと、愛おしい人といられますように。

私がいなくなっても、彼が笑って幸せだと言えますように。

時間はいたずらにすぎてしまう。


家の前についてしまったので、名残惜しさを感じながらも荷台から降りると、カゴンと音を立てながらサキが自転車を停める。

「ねえ、サキ」

「ん？」

「今までありがと。元気でね！　バイバイ！」

「……は？」

私は背伸びをして、彼の頬にちゅ、と口づけをした。

そして、何も言わずにそのまま家に駆け込んだ。

サキが「待てって……！」と言っているけど、私は振り向かなかった。

だって、思い出せば出すほど恥ずかしすぎるし……それに、こんなに泣いちゃってるなんてバレたくない。

泣いているところなんてたくさん見られているけど、最後は笑顔でさよならしたかったんだよ。

君の中に残る私の最後の記憶が泣き顔じゃなくて、笑顔であるように、そう思ったから。

「ナツ……！　俺はお前のことがずっと好きだから！　つーか、するなら……口にしろよ、バーカ！」

震えた大きな声でそう言ったサキの言葉が玄関の扉越しに聞こえてきた。

……バカっ。

私だってこの先、君以外を好きになることなんてないよ。ずっと、ずっと大好きだから。

好きだから、さよならしたんだよ。

サキが私から離れて他の女の子と恋できるように。

それに、口になんてしたら私が離れられなくなるんだよ。ほっぺたが精一杯だった。

そんなことくらいサキだってわかっているくせに。
でも、そんなふうに返してくるあたりサキらしい。
最後の最後までサキはサキだね。
「……大好きだよっ、サキ。バイバイ」
私はこの未完成の恋に終止符を打つ。
私のすべてだった、サキ。
どうかキミが幸せでありますように……。

Diamond《ダイヤモンド》

永遠の絆

【咲都side】


好きなのに、お互い想い合っているのに、どうして結ばれないんだろう。

好きだけじゃ、ダメなのか？

それだけじゃ、一緒にいる理由にはならないのか？

ナツが俺の頬にキスをしたぬくもりがが、いまだに切なく残っている。

「はあ、明日から学校っていうのに呼び出されていい迷惑だ。しかも学校かよ。明日から毎日嫌ってほど来ねえといけねえのにさ」

「そんなこと言うなよ。我が親友よ」

「うっせえな」

隣でブツブツ文句を言っている健吾を見て、クスリと笑いながら視線を野球部が必死に練習している姿へと映す。

部活が終わり、俺と健吾は屋上に来ていた。

というより、俺が無理やり連れてきたんだ。

また、ナツがいなくなるんだよな。

俺はどうしたらいいんだろう。

引き止めたい、だけど、それがナツにとって正解なのかわからない。

もう、何が間違いで何が正解なのかわからない。

「で、何が知りたいの？」

「え？」

「どうせ、夏葵のことでしょ？　昨日、遊んだ時になんか言われた？」

さすが、健吾。鋭い。

「なんで俺とナツは一緒にいられねえんだろう」

ぽつり、と言葉を紡ぎ出す。

「……」

「やっと、好きって伝えようとしたら、もう向こうに戻っちまうなんてさ、あんまりだよな……」

掴もうとしたら、するりするりと俺の手のひらからこぼれ落ちていく。

こんなにも好きなのに……どうして届けられないんだよ。

「聞いたんだ。向こうに戻ること」

「昨日、遊んだ時にな」

ナツが泣いている姿が、ナツを抱きしめた時の体温が、切なげな笑顔が、海を眺めるキレイな横顔が、ナツのすべてが俺の中に焼きついていて、忘れられない。

「サキはどうしたいの？」

「そりゃあ……ずっとそばにいてほしい」

「だったら……！」

「それじゃあ、ダメなんだよ。それを、ナツは望んでない」

「……」

ナツはきっと、俺といる未来を望んでいないんだよ。

それなのに、無理やり引き止めて何になるんだ。

返す言葉が見つからないのか、健吾が黙り込む。

少しの間、沈黙が続いたけど、それを破ったのは俺だった。

「……俺、みんなからいつも笑ってるって言われるじゃん」

いきなり話し始めた俺に、健吾は少し驚きながらも静かに頷いた。

「俺……弱いからさ、ずっと笑ってないとみんなが離れちまうって思ってたら勝手に面白くなくても笑うようになってて、場の空気を読むことが普通になってたんだ」

幼いころの体験がトラウマになっているんだと思う。

自分がいい子にしていなかったから母さんはいなくなった。

もっと俺が空気を読んで笑っていたら、母さんは俺たちのそばにいてくれたのかもしれない。

そんな思いが心のどこかにあるせいか、気づいたら場の空気を読むことが当たり前になって、どれが本当の自分の笑顔なのかわからなくなっていた。

「でも、ナツだけは気づいてくれた」

「……」

ナツは俺のすべてに気づいてくれて、そのたび『そんなのサキらしくないよ』と叱ってくれた。

ナツの前では心の底から笑えて、いつからかみんなの前でも偽りの笑顔じゃなくなっていた。

「ナツのおかげで今の俺はいると思ってる」

「本当に夏葵のことが好きなんだな」

呆れたように、少し切なそうに笑った健吾。

そんな健吾の言葉をよそに俺は遠くのほうを見つめながら言葉を発した。

「俺さ、ずっとナツに守られてきたんだよね」

「……」

「だから、俺も守ってきたつもりだった。でも実際は全然守れてなくてナツはいなくなった」

小さいころから何かあるたびにナツは俺を心配してくれて、慰めてくれて、誰よりそばにいてくれた。

だから俺もナツの支えになりたくて何かあったら俺が守ってやろう、と決めていた。

でもナツはずっと一人で苦しんでいた。

結局、俺はナツを救えなかった。守ってやれなかった。

ナツはいつだって、俺を守ってくれたのに。

俺の母親が家を出ていった時だって、ナツはずっと俺のそばにいてくれた。

母親に冷たく振り払われた手を小さな手で包み込んでくれて、『サキ、大丈夫だよ。サキは一人じゃない。私がいるから。私はサキを一人にしないよ』と言って励ましてくれて、優しくて温かいぬくもりにひたすら泣いた。

それだけじゃない。

小学六年生の時に親父が仕事で忙しくて家に帰ってくるのは俺が眠りについてからで、それに加えてクラスメイトから母親がいないことをからかわれて、そんな日々の不満が募って休みの日に『俺のことが嫌いならもう帰ってくんな！』と親父に叫んで家を飛び出してあの海で一人膝を抱えていた時だってそうだ。

いつまでたっても遊ぼうと誘いに来ない俺を心配したナツが必死で街の中を走って俺のことを探してくれて、見つけた時に『……バカ！』と言って安心したのかポロポロと涙を流しながら抱きしめてくれた。

孤独を感じて凍りついていた心を一瞬にして溶かしてくれ、こんなにも自分のことを想ってくれている人がいることに、いい意味で心が締めつけられた。

しかも、家を飛び出してきて帰りづらい俺に、『私も一緒に行ってあげるから』と言ってくれた。

その言葉がどれだけ俺にとって心強かったか、ナッは知らないだろう。

家に帰ってからすぐに、親父にナツが『おじさんはサキのことが嫌いなの？』と尋ねた。

すると、親父は『そんなわけないだろ。わたしの大事な息子だよ』と言うと、メガネ越しに潤んだ瞳で俺を見つめ、そっと優しく抱きしめた。

その時に初めて父親の愛情を感じた次の瞬間、『サキ、よかったね』って天使のように柔らかく笑ってくれたナツ。

今でもはっきり覚えている。

ナツがいてくれたらなんだってできる気がしていたんだ。

いや、今だってそうだ。

ナツという存在がいるだけで俺はなんだってできる。

いつだって、ナツは俺を救ってくれて、笑顔をくれた。

「ナツにとって、俺はどんな存在だったのかな」

俺にとっては大切で何にも変えられない存在だった。

だけど、ナツはどうだったんだろう。

一人で苦しんで悩んでいたナツに俺は手を差し伸べてあげることができなかった。

「夏葵にとっても咲都は大切な存在だったよ。ずっと二人を見てきた俺が言うんだから間違ってない。二人はお互いを必要としてたよ」

「……そんなふうに見えてたんだな」

「……咲都はそれでいいの？　このまま夏葵と会えなくなってもいいわけ？」

「いいわけねえだろ」

「だったら、引き止めろよ。一回後悔してんだろ？　夏葵だって本当はお前が引き止めてくれんのを待ってんじゃねえの？」

健吾が俺の胸ぐらを掴み、力強くそう言った。

「でも……」

「でも、じゃねぇよ。こんなとこでグズグズしてる暇はねえだろ！　早く行かねえと本当に夏葵に会えなくなるんだぞ」

「……」

「今日の昼に夏葵、あっちに帰るってさっきメッセージが来てた。お前がほんとに夏葵のことが好きなら行け！　早く！」

健吾の熱い思いがひしひしと伝わってくる。

今日の昼って……今、十二時すぎだから、もしかするともう帰っちまったかもしんねえ。

そんなの、嫌だ。

このまま、終わりたくねえ。

ちゃんとナツの口からナツの気持ちを聞きたい。

「ありがとな、健吾。ナツのこと、絶対に連れて帰ってくる」

「ほんと世話の焼ける奴だよな。まあ、いい報告待ってるわ」

俺のほうを見て優しく目を細める健吾に手を振ると、俺はダッダッダ、と階段を駆け下りる。そしてチラホラいる生徒をかき分けて、ローファーに履き替え自転車に乗り、全力でペダルを漕ぐ。

今日は自転車で来ていてよかった。

もっと速く、もっと速く漕いで君のところに行きたい。

夏の生ぬるい風が俺の頬を撫でる。

ここは田舎町だから、電車で少し都会の街まで出るはずだ。

だったら、行き先は駅しかない。

でもどこから乗るんだ？　最寄り駅かもしれないし、他の駅かもしれない。

「咲都ーー‼　△〇駅だよー‼」

名前を呼ばれたほうを向くと、少し遠くから手を振って叫んでいる琴音がいた。

きっと、琴音はナツの乗る駅を知っているから教えに来てくれたんだ。
「ありがとう‼」
そう言うと、琴音はピースサインを俺に向けた。
いろいろな人に支えられていると実感できた。
俺たちの絆は俺が思っていたよりもはるかに強い。
だからこそ、俺はナツに会わなきゃいけない。
これで終わりになんてするわけねえ。
想いが全身を駆け巡り、力へと変わる。
ぐいん、ぐいんとスピードを上げる自転車。
「ナツー‼　好きだー‼」
まわりのことなんて気にせずに俺は叫んだ。
バカにされてもいい、不審な目を向けられてもいい。
そんなことちっとも気にならないほど今の俺にはナツしか見えていない。

自転車を漕ぐこと、十数分。
俺はナツがいるという駅に辿りついた。
自転車を少し離れた駐輪所に停めてから、ドクンドクンと鼓動を高鳴らせながら走っていると視界に愛おしい人の姿が映った。

淡いピンク色の大きなキャリーケースをゴロゴロと引きながら、改札へと向かって歩いているみたいだ。

ナツだ……よかった。まだこの街にいてくれた。

喜んでいる暇もなく、俺は愛おしい人の背中を追いかけた。

Rosequartz《ローズクォーツ》

真実の愛、恋愛

「おばあちゃん、おじいちゃん。短い間だったけど、たくさんお世話になりました」

ついに来てしまった、別れの日。

長いようでとても短かった夏休み。

「こちらこそ来てくれてありがとうね。かわいいなっちゃんを見れて楽しかったよ」

「またいつでも来てくれていいからな」

優しいその言葉に思わず涙がこぼれそうになるけど、必死に笑顔を浮かべた。

大好きなおじいちゃんとおばあちゃん。

いつだって私に無償の愛と優しさを注いでくれた人たち。

今日で最後なんて信じたくないなあ。

今日は、おばあちゃんとおじいちゃんに誕生日プレゼントとしてもらった洋服を着ている。

白いオフショルダーのワンピース。

髪の毛は手先が器用なおばあちゃんにハーフアップにしてもらった。

最後に記念写真を撮って家を出た。

二人は駅まで送ってくれると言ってくれたけど、私はそれを断った。

だって、そんなことになったら離れることが辛くなるから一人で向かいたかった。

健吾と琴音もそうだ。

見送りはいいと言ってある。

ただでさえ離れたくないのに、みんなに見送られると余計に離れたくなくなってしまうから。

「……さよなら」

別れを告げ、駅まで歩き始める。

大好きな街並みをこの目に焼きつけて、たくさんの楽しい思い出や悲しい思い出を胸に刻みながらゆっくりと歩く。

そして、目的地の駅に到着して改札を通ろうとした時、後ろから「ナツ……っ！」と聞き覚えのある愛おしい声が聞こえてきた。

そんなはずはない。

だって、彼は私がこの駅に来ることを知らないし、何時に駅に向かうかも知らない。

だから、いるはずがない。

幻聴だよ。会いたすぎて幻聴まで聞こえてしまったなんて重症だなあ。

そのまま進もうとしたら、「待って……！」ともう一度声がして、手首を掴まれてぐいっと引き寄せられた。

後ろからぎゅっと抱きしめられて、感じる優しいぬくもり。

後ろを見なくたって誰かわかる。

これが夢や幻じゃないこともようやくわかった。

「……サキ」

もう、会うことはないと思っていた。

だからなのか、声を聞いただけでこんなにもうれしくてトクンと鼓動が高鳴る。

「……勝手に行くなよ」

弱々しいサキの声。

息が荒れているから、きっと走ってきてくれたんだろう。

どうして引き止めに来たの？

そんなことしたら、私一生そばにいたいと思ってしまう。

だけど、心のどこかではサキに引き止めてほしいと思っていたのも間違いではない。

「……もう電車が」

「俺はナツが好きだ」

「……」

サキの気持ちが痛いほどにひしひしと伝わってくるから、余計に私の胸をぎゅっと締めつける。

「あの時は、こんなふうに引き止めることすらできなかった。だからこそ今度は絶対に離さない」

「……サキ、その気持ちはうれしいけど……」

「もう、離せないんだ。俺がこれから生きる道に、ナツがいないとダメなんだ」

そんなこと言われても、私はどうしたらいいのかわからない。

このまま、サキと一緒にこっちで寄り添い合っていたい。

だけど、それは許されないから……。

ゆっくりと体を離し、私の体を回転させて愛おしい瞳と視線が絡み合った。

サキの額からは汗が伝っている。

こんな暑い中、私のために……来てくれたんだ。

それだけで心の中がジーンと熱くなる。

「永遠なんてないのかもしれない」

「……うん」

「でも、俺はその永遠を夢見たい。将来なんてどうなってるかわからないし約束できないけど、これだけは言える」

私の瞳を真剣にジッと見つめ、ゆっくりと言葉を発したサキ。

「長い人生の中で俺が愛する女はお前だけだよ」

その言葉が私の涙腺を崩壊させた。

こんなの、ずるい。反則だ。

サキの瞳も少し潤んでいることに気づく。

きっと、精一杯の気持ちを私に伝えようとしてくれている。

ねえ、神様。

少しだけ、少しだけ素直になることを許してください。

私はサキの目をまっすぐに見る。

「……私もサキが好きだよ、大好き……っ」

こんなにも好きになる人がいるなんて幸せなことだと思う。

自分のために猛暑の中を急いで来てくれる、そんな愛情に溢れた人に好きになってもらえた私はとても幸せものだ。

「俺、ナツと出逢ったこと後悔してない」

「え？」

「むしろ、出逢えてよかった。ナツに出逢ってなかったら俺はこんなにも愛おしい感情、知らずに生きてた」

少し切なげに笑うサキ。

母親からの愛情を注いでもらっていないサキだからこその言葉なんだろう。

「……っ」

「俺の隣はナツがいい。くだらないことで笑い合ってたまにケンカしたりもして、そんな毎日を過ごして同じ景色をずっと見ていたい」

サキの真剣な言葉にぎゅっと拳に力を込める。

だって、この恋は叶っちゃいけない。

傷つけてしまうだけの恋になる。

そうわかっているのに、君が欲しくてたまらない。

「……私といたらサキのことまた傷つけちゃうかもしれないんだよ？」

「いいよ、傷つけても。また、ナツのいない毎日を過ごすよりもマシ」

どうしてこんなにも君は温かいんだろう。

どうしてこんなにも君は優しいんだろう。

サキはいつも大きな優しさで私のことを包み込んでくれる。

どれだけ突き放したって傷つけたって、私のことを誰より理解してくれて誰より優先してくれて、海のような広い優しさで愛してくれる。

「傷つけられてもさ、そばにナツがいてくれるならそれでいい」

ふわり、と柔らかくほほ笑むサキ。

「ずるいよ……っ」

「うん、俺はずるいよ」

「バカ……っ」

「そんなの知ってたくせに」

サキは本気で私を引き止めてくれている。

私はこの手を掴んでもいいの？

だけど、それを両親は許してくれるんだろうか。

「ずっと好きだった……っ」

「……俺も。だから、これからは彼女として俺のそばにいてくんないかな？」

「……」

頷くことができない。

だって、もうすぐさよならして会えなくなるんだよ？

「スマホ、貸して？」

「え？」

サキに言われるままに、私はキャリーケースとは別の肩からかけている小さなカバンに忍ばせていたスマホをロックを解除して渡した。

「何するの？」

「いいから」

サキはそう言うと、私のスマホを耳の横に持ってきた。

まさか……電話するんじゃないよね？

『もしもし……!? 夏葵? あなたいつごろ帰ってくるの? お母さん、東京駅まで迎えに行くね。もう新幹線には乗った?』

久しぶりに聞くその声。

私のお母さんの声だ。

お母さんが一生懸命仕事を頑張りながら、私を悲しませないように愛情を注いで育ててくれたことを感謝している。

疲れてても弱音を吐かずに笑っていたお母さんを見ていたからこそ、再婚を反対できなかった。

私はお母さんに幸せになってほしかった。

たとえ、それで私が不幸になったとしても。

そう思っていたけど、私の心はそんなに強くなかった。弱くて、結局は逃げ出してしまった。

連絡も返さずに心配かけたことも申し訳ないと思っている。

『もしもし? 夏葵? どうしたの?』

「……立花咲都です。おばさん、お久しぶりです」

『咲都くん……?』

「はい。ナツのスマホを借りて電話してます」

『……そう』

きっと、お母さんはわかっていたはずだ。

私がサキのことを好きだって。

だから、再婚の話をされた時に『夏葵がここに残りたいっていうならお母さんも残るね』と言ったんだ。

本当はサキと離れたくなかったけど、お母さんの幸せを願うと選択肢はひとつしかなかった。

あのころは子どもすぎたから親のあとをついていくことしかできなかったけど、今は違う。

「おばさん、俺はナツが好きです」

『……』

サキのド直球な言葉に、驚きながらもトクンと鼓動が甘く音を立てる。

お母さんにそんなことを言ってどうするつもりなの？

困らせてしまうんじゃないかな。

「……ナツが苦しんでたこと、おばさんも知ってるって聞きました」

『……ええ。もちろん知ってるわよ』

思い出したくもないようなあの日々。

私の黒く、深い傷。

「おばさんが一番よく知ってると思いますが、ナツはお人好しで自分の意見を素直に言えなくて、一人で苦しんで泣いちゃうような奴です」

サキ……。

ふとサキの顔を見ると涙が込み上げてきて、同時にサキへの想いも溢れてくる。

『……』

「俺はそんなナツをこれから先も守ってやりたいって、すげー思いました」

サキの言葉に迷いはなかった。

そんなサキの言葉に、想いに、また涙が溢れてくる。

私は何度この男に泣かされれば気が済むんだろう。

『咲都くんの気持ちはわかるし親としてうれしいけど、あなたたちはまだ学生よ？何ができるの？』

「それは……」

『子どもには何もできないの』

私たちはまだ子ども。

親が払ってくれている学費で高校に通って、親が働いたお金でご飯を食べて、何も一人ではできない子どもだ。

だけど、あのころと違って私には確固たる意思がある。

〝ここに残りたい〟

あのころは口にすることができなかったけど、今回はちゃんとお母さんやお父さんと向き合いたい。

逃げてばかりじゃ何も解決しないことがわかったから。

「たしかに俺たちは子どもで親の手を借りないと生きていけないです。守るっていってもできないかもしれない。でも……」

サキは言葉を詰まらせてしばらく黙り込む。

そして、意を決したように口をゆっくりと開いた。

「ナツが笑ってる時は一緒に笑って、泣いてる時は慰めて、落ち込んでる時は励まして、うれしい時は一緒に喜んで、ただそれだけでナツが幸せだと思ってくれるなら俺はそれでいいんです」

ああ、本当に私はサキを好きになってよかった。

世の中にはたくさんの人がいるのにその中で私たちが出逢えたのは、きっと奇跡だよね。

それに、こうして想い合えたのも紛れもない奇跡だ。

『……咲都くんは昔から変わらないわね。夏葵のことが大好きで、誰よりも大切にしてくれるところ』

お母さんがうれしそうに、少し切なそうに笑った。

「おばさんも変わってないです。ナツのこと本当に大切に思ってるところ」

二人が穏やかに笑い合う。

そして、サキが私にスマホを渡してきて〝大丈夫。ナツなら大丈夫だよ〟と口パクで伝えてきた。

それはきっと、ちゃんとお母さんと話し合えということだと思う。

だから、私は黙ってスマホを受け取る。

「お母さん、久しぶり」

『夏葵……元気そうでよかった。少しはラクになったかな？』

「うん……元気だよ。いっぱい迷惑かけちゃって、ワガママばっか言ってごめんなさい……」

お母さんの優しい声に思わず涙がこぼれ落ちる。

何も変わらない、優しくて包み込んでくれるような声色。

『何を言ってるの。私は夏葵のお母さんなのよ？　迷惑だなんて思わないし、ワガママだって言っていいの。』

「お母さん。私ね、ずっと我慢してた。苦しかった。辛かった……っ。約束を破っちゃうけど……またワガママ言っちゃうけど……」

息をするのも苦しくて、何が楽しくて毎日生きているのかわからなかった。

だけど、大好きなサキのことを、大好きな友達のことを考えると生きていたいと思えた。

「私……まだみんなといたいっ……！　サキと一緒にいたいよぉ……」

その瞬間、サキが優しく私の手を握ってくれた。

温かくて大きなぬくもりに心の底から安心する。

スマホ越しにお母さんがすすり泣く声が聞こえてきた。

『ちゃんと、言ってくれてありがとう……っ。いつの間にか夏葵はちゃんと成長してたのね……。お父さんには私から伝えておくわ。でも、お母さんも寂しいからたまに帰ってきてね？　おばあちゃんには、こっちから電話しておくから』

「うん……っ、ありがとう」

お母さんとの電話が終わり、すぅ、と大きく息を吸う。

今まで背負っていたものすべてが消えた気がした。

ガタンゴトン、と私が乗るはずだった電車が走り出した。

本当はあの電車に乗ってサキたちとはさよならだったけど、ちゃんとお母さんに本音を伝えられてよかった。

「あー、緊張した」

空気が抜けたように体の力を抜いたサキ。

本当に、サキのおかげとしか言いようがない。

サキがいなかったら私はまた元の生活に戻っていたはずだから。

「いきなり何するのかと思った」

「おばさんならわかってくれるって思ってた」

「よく言うよ。めちゃくちゃ必死だったじゃん」

なんて言ってるけど、うれしかったよ。

サキが必死で私のことを引き止めてくれて。

「当たり前だろ。ナツがかかってんだから」

そんな言葉をよく恥ずかしげもなく言えるものだ。

私だったら絶対に言えない。

でも、そんな素直すぎるところがサキのいいところでもある。

いつもその素直さに助けられているのも事実だし。

「……ありがとう」

急に照れくさくなって、ぼそりとお礼を言うけど、とてつもなくかわいくない言い方になってしまった。

サキはこんな私のどこがいいんだろうか。

今は恥ずかしくて聞けないけど、いつか聞いてみたい。

「こちらこそ」

「サキのおかげだよ」

「お前って急に素直になるよな」

照れくさそうにくしゃり、と髪の毛を触るサキ。

その頬は少し赤く染まっていることに気づき、私まで体温が上がり、顔が熱を帯びていくのがわかる。

「だって……ほんとにそう思ったんだもん」

「なあ、ナツ。もっかい言うからよく聞いとけ」

サキの真剣な瞳が私を捉える。

何を言われるのかくらいはわかる。

もう拒絶する理由もなくなった。

私は、自由になったんだ。

「好きだ、大好きだ。だから……俺と付き合ってほしい」

「うんっ……！」

返事をするとともに私はぎゅっとサキに飛びついた。

この瞬間をずっと夢見てきた。

サキの隣を彼女として歩くことを。

サキの彼女として抱きつくことを。

絶対に叶わないと思っていた。

だけど、今私がこうしてサキと一緒にいられるのは、たくさんの人たちの優しさと支えがあったからだ。

きっと、私一人では辿りつけなかった結末だ。

ゆっくりと体を離し、キレイで純粋な瞳と視線が絡み合い、どちらからともなく唇を重ね合わせた。

——甘く、とろけるようなキスだった。

唇が離れた瞬間、猛烈に恥ずかしさが襲ってきてサキのことを直視できない。

すると、そんな私を見たサキがクスリと笑う。

「ナツ、こっち見て」

意地悪な声が耳に届く。

サキは私が恥ずかしがっていることをわかっていて話しかけてきている。

そうだよね。サキは余裕ですよね。キスなんて。

私一人だけが置いていかれているような気分だ。

「やだ」

「見て」

「もううるさいなぁ……！　どうせ私のことバカに……」

勢いでサキのほうに視線を向けて私は言葉を失った。だって、サキの顔が耳まで真っ赤だったから。

え……？

まさか、サキも照れてるの？

「あのな、何年も好きだった女がやっと手に入って、ちゅーしたら誰だってこうなるって」

「ふふっ……お互い様だね」

「だな。俺らピュアすぎー」

ケタケタ、と笑うサキの隣で私も笑う。

私、今すごく幸せだ。

大好きな人の隣で大好きな人の笑顔を見ながら、一緒の時を過ごせることがこんなにも幸せで満たされる気持ちになるなんて知らなかったよ。

「そろそろ、帰るか。ばあちゃんたち、おばさんの電話に驚いてるだろうな」

「だね。いっぱい迷惑かけちゃってるから大人になったらたくさん恩を返さなきゃ」

「うん。俺も親父にそーする」

おばあちゃんとおじいちゃんだけじゃない。

お母さんやお父さんにも親孝行しないといけない。

こうしてここに残ることを許してくれた二人には感謝してもしきれない。

もちろん昇くんもだ。

だから、定期的に顔を見せに行って、感謝の気持ちを伝えていきたいと思う。

少し前の私ならそんなこと思わなかった。

だけど、サキを見ているとちゃんとしないとなあ……と思えるから。

サキがいるとそれだけで私は強くなれる。

私もサキにとってそんな存在でありたい。

「琴音と健吾にも感謝しないとね」

二人並んで歩きながら、話す。

身長差のある影がゆらりゆらりと仲がよさげに揺れている。

「だなー。アイツらがいなかったら俺らどーなってたっていうくらい世話になったもんな」

「ほんとにね」

琴音とはいろいろあったけど、今では以前よりも仲よくしている。

やっぱり、私は琴音のことが大好きなんだ。

健吾にはたくさん相談に乗ってもらって、背中を押してもらった。また健吾の優しさに私は救われた。

大好きで、大切すぎる友人たち。

私にとって、サキと琴音と健吾との出逢いは一生に一度の最高の巡り合わせだと思っている。

「サキ、好きだよ」

「俺も好きだよ」

私がサキの右手をそっと握ると、大きな左手が私の手を包み込んで繋がれる。

サキは優しいから、私の歩幅に合わせて歩いてくれる。

そんな小さな幸せを噛みしめながらゆっくりと歩く。

「なあ、ナツ」

「ん?」

「昔には戻れねえけどさ、未来は無限だから、俺たちらしく、一緒にこれからも過ごしていこう」

「うん!」

たくさん涙を流して、傷ついて、傷つけて、苦しくなっても、それでも嫌いになれなくて、未完成で行き場を失い彷徨っていた私の恋は、今やっと〝君〟という居場所を見つけ、完成した。

そして、たくさんの優しさとぬくもりに包まれながら私は今日も君に恋をする。

——私の瞳に映る君は、いつだって宝石のように眩しく輝いている。それはこれから先も変わらない。

番外編

Superseven《スーパーセブン》

未来を切り開く

ナツと付き合い始めて数週間がたち、今日もいつもどおり二人で学校までの道を歩いていた。

「ちょっと、朝から恥ずかしいよ」

私は男らしいサキの手としっかりと繋がれた自分の手を見て、照れ隠しでそう小声で言った。

「いいだろ。別に」

でも、当の本人は何も気にする素振りもない。

サキってこんなにベタベタしてくるタイプなんだ。

もっと、あっさりしているのかと思ってた。

「で、でも……」

「嫌なら離す？」

い、意地悪だ。

私が素直じゃないの知ってるくせに……。

黙って首を左右に振ると、隣から「だよなあ」と満足そうに言う声が聞こえてきた。

「そういえば、今日の占いのラッキーアイテムなんだと思う？」

「んー、消しゴムとか？」

「ブッブー。正解は好きな人とのキス！」

「そんなドヤ顔で嘘つかないでよ」

呆れながらも、それがサキらしくて思わずクスリと笑ってしまった。

「バレたー」

「ほんと、嘘つけないタイプだよね」

「うるせぇ」

私は今、とても幸せだ。

大好きな人の隣でこうして笑い合っている時間がたまらなく愛おしく感じる。

「おはよー、朝からラブラブだね」

「見せつけんなって」

私たちを見ながら優しくほほ笑んだのは、曲がり角で私たちのことを待っていた琴音と健吾だ。

新学期から私たちは四人で登校している。

「だろ？　ナツは俺のもんだからな」

そう言って、繋いでいる手を少し上げて二人に見せつけた。

恥ずかしさで顔が熱を帯びていくのがわかる。

「ナツの顔、真っ赤じゃん」

琴音が私のほうを見て柔らかく笑う。

なっ……！　言わないでよ！

そんなこと言ったらサキが調子に乗っちゃうじゃん！

「何？　照れてんの？」

「照れてないし‼」

やっぱりサキは調子に乗っているのがわかるくらい、にんまりと意地悪そうな笑みを浮かべている。

「ハハッ。ほんと夏葵は素直じゃないな」

健吾が私を見ながらそう言い、その隣で琴音も「昔からこの夏葵と咲都は変わってないよ」と言っている。

そう言っている二人だって何も変わっていない。

いつも、なんだかんだ言いながらも私たちを優しく見守ってくれている。

二人には感謝してもしきれないくらいお世話になっている。

「う、うるさいなあ……」

「まあ、ナツはこんなところがかわいいんだけどな」

私の頭の上に、繋いでいないほうの手をポンッと乗せてサラッと言ったサキ。

もう……本当にサキはバカ正直で恥ずかしいことも簡単に言うから、私の心臓がもたないよ。

私がサキの何気ない行動や言葉にこんなにもドキドキして心躍らせていることなんて、当の本人は知りもしないんだろうけど。

「うわあ、朝からごちそうさまです」

「知ってたけど、咲都ってほんと夏葵にベタ惚れだよな、夏葵は愛されてんなぁ」

「そうだけど、悪い？」

「はいはい。なーんにも悪くないです」

三人は私を置いて、楽しそうに話している。

一方で私は顔を真っ赤にさせて話を聞いていた。

だって、恥ずかしいんだもん。

それに、自分の気持ちを素直にサキに言えない自分に嫌気がさす。

どうしてこんなふうにひねくれちゃったのかな。

もっとかわいい女の子になりたいのに。

サキの前だと、ついつい意地を張ってしまう。

どうしたら、素直になれるんだろう。

私たちの前を歩いている琴音と健吾。

じつは、琴音は健吾に想いを寄せているのだ。

自分が辛い時に一緒に悩んでくれたり、優しくしてくれた健吾にいつしか惹かれていたんだって。

たしかに健吾は優しくて私のことも親身になって話を聞いてくれたから、琴音が健吾に惹かれた理由もわかる。

だから、そんな二人が付き合えば私もうれしい。

お似合いだし、落ちつきのあるカップルになりそう。

「なに一人でニヤけてんの」

「え?」

「え? って今ナツ、完全にニヤけてたぞ」

「う、嘘……!? ニヤけてた!?」

サキに言われて気がついた。

二人が付き合うことを考えていたら自然と頬が緩んでいた。

「うん。つーか、なんでニヤけてたんだよ」

「あの二人、お似合いだなあと思って」

コソッとサキに耳打ちする。

「あー、そうだな」

「でしょ?」

「アイツらには幸せになってほしいよな」

私たちの今があるのは二人の存在が大きいから。

「うん」

「あ、そうだ。今日さ、部活休みだからデートしようぜ」

「いいの？」

久しぶりのオフなのに。

ゆっくり休みたいんじゃない？

「当たり前だ。つーか、家でいるよりもナツといるほうが何倍も疲れ取れる」

眩しい笑顔を浮かべながら言ったサキ。

その笑顔を見てトクン、と胸が大きく高鳴った。

やっぱり、サキはいつ見てもカッコいいな。

どんどん好きになっていく。

「そんなこと言っても、なんにも出てこないよ」

「いらねぇよ。隣にナツがいてくれたらそれでいいよ」

ほら、サキは性格までカッコいい。

バカだけど、まっすぐでいつも私のことを優しく包み込んでくれる。

「ふふっ。ありがと」

サキのキレイな瞳を見つめながら言うと、サキは耳を赤く染めてわかりやすく私からふいっと目を逸らした。

「なに今さら照れてんの。さっきまで恥ずかしいこと言ってたじゃん」

「それとこれとは別。お前、いつも素直になんの急すぎなんだよ。バーカ」

「バカはサキでしょ」

「はあ？　俺は生まれ変わったんだよ」

「なに言ってんの？　この前のテストだって私が助けてあげなきゃ、相当ヤバかったくせに」

なんで私たちは、いつも最終的に言い合いみたいになっちゃうわけ？

「あれはだなー、そのー」

「もう、教えてあげないよ」

「ごめんなさい。俺が悪かったです」

「もー、調子いいんだから」

そう言いつつも許してしまうのはサキだから。

「ありがと、ナツ！」

安堵したように笑うサキの笑顔にまた私の鼓動は高鳴った。

それにムカついてサキのおでこにデコピンをする。

「いてぇ！　何すんだよ」

「私の心臓がいつもサキのせいで忙しいから、そのお返し」

「はあ？　意味わかんねえし」

「わからなくていいよ」

「なんだそれ。教えろよ」

心底わけがわからないという顔をしているサキ。

「教えないよーだっ！」

何度も意味を尋ねられたけど、そのたびにはぐらかして学校まで向かった。


すべての授業が終わり放課後になった。

「じゃあね、夏葵！　デート楽しんでね。明日話聞くから！」

「ありがと、琴音！　部活ファイト！」

琴音がスクールバッグを持って教室から出ていった。

「ほら、行くぞ」

サキが私のスクールバッグを持って少し前で立っていた。

いつの間に私のバッグなんて取ったんだろう。

「うん！」

サキのところまで駆け足で向かうと、スッと目の前に差し出された手のひら。

「ん」

え……もしかして手、繋ぐの？

学校の中で？

「あーもう今さら恥ずかしがんなよ」

しびれを切らしたように私の手を取ってぎゅっと繋いだサキ。

そのまま歩き出したサキについていくことしかできなかった。

「ねえ、サキ」

学校を出てしばらくしてから口を開いた。

「ん？」

「ごめん。嫌じゃないんだけど恥ずかしくて……」

私のせいでサキを怒らせてしまったかもしれない。

「怒ってねぇよ。つーか、ナツが恥ずかしがり屋なのとか俺が一番わかってるし。幼なじみなめんなよ」

私のほうを見て優しくほほ笑んだサキ。

本当に優しい人だな。

逆に何したら怒るのか知りたいくらいだ。

「さあ、どこ行きますか？」

「……海に行こうよ」

「いいけど、なんで海？」

「なんとなく、かな。あ、でもチャリないね」

「まあ、ちょっといつもよりは時間かかるけど歩いていけるだろ」

その間、ずっとサキと手を繋いでいられるからたまにはこんな日があってもいいかもね。

付き合ってからあの海に行くのは初めてだ。

「もし、歩くのが辛くなったらおんぶしてね」

冗談でそう言った。

すると、サキがすかさず言葉を返してきた。

「はあ？　ブタさんは運動したほうがいいぞ」

「何？　そんなに殴られたいの？」

「間違った……！　ウサギさんの間違いだったわ」

私がサキに拳を見せると慌てたようにそう言った。

「もう時すでに遅し!!」

そう言って私は繋いでいた手を離してサキの背中に思いきり抱きついた。

人もいなかったし、いいよね。

「うわあ、お前不意打ちはずるいって」

殴られると思っていたのか、そんなことを言いながらも声はうれしそうだった。

でも、恥ずかしさには勝てないのですぐに離れた。

「あー、ナツに抱きついてもらえんならブタでもウサギでも何万回も言うわ」

本当にこの男はバカだ。

そんなこと言ったら今度はマジで殴るだけなのに。

「つ、次はないし！」

「はあ⁉　それはねえだろ！」

「別にそんなこと言わなくても抱きつくし……」

「マジで⁉」

うれしそうにガッツポーズをするサキ。

びっくりするほど単純な男だなあ……まあ、私も人のこと言えないけど。

「気が向いた時だけね」

「それ、ぜってえ向かねえやつじゃん」

「さあ」

本当にたまに向くかもしれないよ？

「うぜえ～」

そう言いながらも離れていた手をぎゅっと握ってくれるサキ。

その優しいぬくもりに思わず頬が緩むのを必死で抑える。

「あー、なんかこれからもずっとナツといられると思うとうれしいな」

「ちょっと前までは考えられなかったもんね」

この夏が終われば、私とサキは会えなくなる予定だったから。

「そうだな。俺ナツのこと好きになってよかった」

「な、なに急に⁉」

「いやー、なんか今ふと思った。いつもは強がりであんまかわいくねぇくせに、たまに俺がこんなこと言ったら顔を真っ赤にさせて照れるところとか結構……つーか、めっちゃかわいいし、好き」

サキは完全にからかっている。

私の顔がトマトのように真っ赤に染まっていくのがわかってるくせに、そんなこと言うんだもん。

「……は、はいはい」

「無理して強がんなって」

意地悪そうに笑い、小さく肩を揺らすサキ。

サキだけ余裕があってずるいなあ。

私はこんなにいっぱいいっぱいなのに。

まあ、そりゃあサキのほうが経験は豊富だもんね。

「これ以上言ったら、もう口きかないから」

「それは無理。俺、寂しくて死んじゃう」

「なに言ってんの」

さっきの態度はどこへやら。急に大人しくなるサキ。

そんなサキを見てクスリと笑ってしまった。

「笑うなよー」

「サキって、わりとさみしがり屋だもんね」

「うん。てことで俺の頭を撫でてくれてもいいよ?」

「いや、どうしてそうなるの」

この男の頭の回路はどうなってるの?

さすがにそこまで私もわからない。

「あ、ダメ?」

「仕方ないなー」

そう言いながら、少し背伸びをしてサキの柔らかい髪に触れた瞬間、クシャクシャと手を動かした。

そのせいでキレイに整えられていたサキの髪型が乱れた。

「ちょ、お前やめろよ！」

そんなにカッコよくセットしなくていいんだよ。

サキは昔みたいにボサボサでいいの。

だって、女の子がたくさん寄ってきちゃうもん。

なんて、本人には口が裂けても言わないけど。

「ハハッ……！　サキの髪の毛ボサボサじゃん。どうしたの？」

「どうしたのってお前のせいだろ！　この野郎〜！」

お返しだ、と言わんばかりに私の髪の毛をかき乱すサキ。

田舎町の静かな道に私とサキの笑い声が響いている。

「あー！　サキのせいで髪の毛がグシャグシャになったー！」

「俺も……ってナツ、ボンバーヘッドじゃん……ハハハッ……マジ腹痛《いて》ぇ」

ボサボサになった私の髪の毛を見てケタケタとお腹を抱えて笑うサキ。

そこまで笑う⁉

「いい加減、笑うのやめて〜。ていうかサキも負けてないから！」

そう言いながら乱れた髪の毛に手を通す。

「ごめんって」

サキが私の髪の毛を、さっきとは打って変わって優しく触りながら言った。

その大きくて男らしい手に鼓動がトクンと音を立てた。

最初に髪の毛を乱したのは私だから謝るのは私のほうなのに、サキはそんなことは気にしていないみたい。

「なんでサキが謝るの！　こんなのいつものことじゃん」

そう言いながらサキの乱れた髪の毛に手を伸ばし、整える。

「うん。それは知ってる」

「でしょ」

「あー、もうかわいいな」

サキが私の頬をむにゅっとつまむ。

「にゃに？」

何？と言ったつもりなのに全然そう聞こえない。

「お前がかわいすぎるからブサイクにしてやった」

私の目の前にいるサキは、すごく幸せそうにほほ笑んでいる。

そんな顔されたら何も言えないじゃん。

「このままいたらちゅーしちゃいそうだからやーめぴっ」

「……っ」

そう言って離された手。

ドクンドクン、と早鐘を打ち始める鼓動。

こ、こんなのずるいよ。

「ちょ、ノーコメントはやめろよ」

「ば、バカ……！」

「そうだよ。俺はバカだから素直に口に出ちゃうんだよな。どっかの誰かさんと違ってさ」

その誰かさんが隣にいるのにこいつは……。

「う、うるさいなあ！」

ベシッとサキの背中を叩く。

「いってぇな。俺、誰とか言ってないのに」

「明らかに私のことじゃん！」

「あ、バレてた？」

おどけたように笑うサキを軽く睨む。

「当ったり前！」

「おー、怖い怖い。はい、ナツちゃん笑顔笑顔」

そう言って、自分の口角を人差し指で上げるサキ。

「笑わない！」

と、口では言いながらもその仕草がサキらしいのと同時にかわいく思えて、つられて私の口角も自分の意思に反して上がっていく。

またやられた……。

私、本当にサキには敵わないや。


「ほーら、笑った」

「たまたまだよ！」

「どうかなー」

そんな会話をしていると、もう海についた。

なんかあっという間だったなあ。

「はあー、風が気持ちいいわあ」

「だね」

今日は海岸まで行くことにした。

砂浜をサクサクと小さく音を立てながら歩く。

歩くたびに少しずつローファーに砂が入っていき、靴の中が気持ち悪くなってローファーの片方を脱いで中に入っている砂をサーっと取り出す。

「ナーツちゃん」

サキにそう名前を呼ばれた時に背中をツンっと押され、体がグラッと揺れた。

あ、ヤバい……転ける！

砂浜に体が倒れていくのがスローモーションのように感じる。

そのまま体勢を戻すことができなくて倒れた。

「いったあ……くない」

転んだはずなのに全然痛くない。

それになんか砂浜にしては温かい。

「お前、しっかりバランスとってくれよ」

下からサキの声が聞こえてきて弾けたようにそちらに視線を移動させると、そこには私の下敷きになっているサキがいた。

「え⁉　なんでサキが⁉」

慌ててサキの上からどく。

すると、サキがゆっくりと起き上がりながら口を開いた。

「いたずらしておいて彼女にケガさせられねえだろ」

「もう！　カッコいいこと言ったらいいと思ってるでしょ」

「そんなこともないけど。つーか俺の制服、砂だらけになった」

「自分が悪いんじゃん」

立ち上がって、まだ砂浜に座り込んでいるサキに手を差し出す。

サキはすぐにその手を掴んだけど、立ち上がりはせず掴んだ私の手をぐいっと引っ張った。

再び体勢を崩した私はサキの胸に飛び込むはめになった。

「つかまーえた」

「……つかまった。って離してよ」

「んー、まだ無理」

「無理じゃないし」

「ナツの心臓の音、速い」

そう、うれしそうにほほ笑みながら言うサキ。

そんなの当たり前じゃん。

大好きでたまらない人に抱きしめられているんだから。

それでドキドキしないほうがおかしいよ。

「き、気のせいじゃない？」

だけど、素直じゃない私はかわいくない言い方になってしまう。

「アハハ、そーかもな」

そう言って笑っているサキは、私が照れ隠しをしたことにちゃんと気づいているんだと思う。

それでも何も言ってこないのはサキの優しさだし、いつも寛大な心で私を受け止めて包み込んでくれている。

そんなサキが愛おしくて、体が離れた瞬間にサキの唇にそっとキスを落とした。

「今日のラッキーアイテムは好きな人からのキスなんでしょ？」

触れるだけのキスだったけど、恥ずかしさでいっぱいになり、そう言って立ち上がり海のほうへと走り出した。

サキはというとしばらく放心状態に陥っていたみたいで、それから覚めると「お前、ずるいぞ」とこちらに向かって走ってきた。

「きゃあー！　なんか来た！」

「なんかはひどいだろ」

迫ってくるサキから逃げるのに夢中で知らない間に海へと入っていて、走るたびにパシャパシャと愉快な音を立てる。

「気持ちいいなあ！」

「待てよー」

追いかけてきているサキも私と同じように海の中に入ってきている。

「来ないでー！」

そう言いながら、サキに水をかける。

「お前、やったな〜！」

サキも負けじと私に水をかけてくるから、前髪が少し濡れた。

まだ夏の暑さが残っているからなのか水が冷たいとは思わない。

むしろ、気持ちいいくらいだ。

しばらく二人で水をかけ合って、砂浜に肩を並べて腰をおろした。

「はあ〜楽しかったけどちょっと濡れちゃった」

「俺も濡れた〜」

そう言いながら私の肩にちょこんと頭を乗せるサキ。

少し濡れている前髪の間から見えるキレイな瞳に鼓動が高鳴る。

いつもよりも色っぽく見えるのはきっと髪が濡れているからだ。

「風邪ひかないでよ」

「風邪ひいた時は看病よろしくな」

「やだよ」

「は、ひでぇな。病人を一人にすんの？」

たしかにサキが風邪をひいて寝込んだら一人になる。

サキのお父さんはお仕事があるだろうし。

そうなったら面倒を見るのは私だ。

「ひかないように気をつけてよ」

「はーい」

「それでよし」

肩から伝わってくるサキの体温に心臓が忙しいけど、どうしようもなく落ちつくよ。

「なあ。ナツ」

「ん？」

「何があっても今度こそ俺はお前を守るよ」

「何。急に」

視線を海からサキへと移すと、サキはジッと青く澄み渡る海を真剣なまなざしで見つめていた。

「これからは一人で抱え込むな。俺を頼れ。俺はどんなナツも好きだから」

「……っ」

こんなの反則だ。

どうしてサキはいつもこんなに優しいんだろう。

好きが溢れ出すよ。

「だから、これからも同じ景色を見よう」

そして、サキがポケットからビー玉を取り出した。

「このビー玉は俺の子どもにやる」

「気が早いよ。それにビー玉は大切にしてくれないの？」

今までずっと大事にしてくれていたのに。

「だって、俺はどんな宝石やこのビー玉よりも大切なもんを手に入れたからさ」

そう言って、私のほうを見ながら大好きな笑顔を浮かべた。

全身を流れる血液が、一気に逆流したような感覚に襲われる。

「な、何よ。それ」

「お前のことに決まってんだろ」

サキはいつもまっすぐで歯の浮くような言葉を簡単に言えるからずるいよ。

だけど、私もどんなものよりのサキが大切だよ。

「……私のこと、大切にしてくれないと許さないんだから」

素直になれない私がそう言うと、サキはクスッと笑ってから「はいはい、言われなくてもそーしますよ」と言って、私の唇にそっと優しいキスを落とした。


永遠なんてこの世には存在しないのかもしれない。

だけどね、この先も変わらずに二人で笑い合っていられたらいいな。

未来のことなんてわからないけど、どんなことがあってもサキとなら乗り越えて、切り開いていける自信がある。

でも、とりあえずは明日も君の隣で過ごせたら私は幸せだよ。

Fin.

あとがき

このたびは数ある作品の中から『それでもキミが好きなんだ』をお手に取っていただき、ありがとうございます。

いつも応援してくださる皆様のおかげで、三冊目を出版させていただけることになりました。憧れていた野いちご文庫から出版することができて、とてもうれしいです！

さて、サキとナツの恋物語を楽しんでいただけたでしょうか？

少しおバカだけどすべてを包み込んでくれる優しい一途な男の子と、意地を張って素直になれない女の子のお話を書きたくて生まれた作品です。

終始もどかしい二人でしたが、サキとナツのやりとりを書いているのはとても楽しかったです。サキとナツのような関係は、わたしの憧れでもあります……！（笑）

恋愛とはとても難しいもので、恋の形は人それぞれなのだと思います。

作中のナツと琴音のように好きな人が同じだったり、どれだけ相手を想っていても振り向いてくれなかったり、好きだからこそ気持ちを素直に言えなかったり、好きにならないと思っていたのに好きになってしまったり……さまざまな物語があります。

また、恋をするということは決してキレイな感情だけではできないもので、その中で誰かに嫉妬してしまったり、不安になってしまったりすることもあると思います。

だけど、それも含めて人を好きになるということなのではないでしょうか。

世界には何十億という人がいますが、その中で友人や恋人や好きな人だったりと、自分にとって心から大切だと思える人と巡り逢えることは奇跡だと私は思います。

最後になりましたが、とても素敵で可愛い表紙や口絵マンガを描いてくださった宮村様、この作品に携わって下さったすべての方に心より感謝を申し上げます。

皆様の愛しい人への想いが実を結びますように。

最大級の感謝と愛を込めて。

二〇一九年二月二十五日　ＳＥＡ

この物語はフィクションです。実在の人物、団体等とは一切関係がありません。

SEA先生への
ファンレター宛先
〒104-0031　東京都中央区京橋1-3-1　八重洲口大栄ビル7F
スターツ出版（株）書籍編集部気付　SEA先生

それでもキミが好きなんだ

2019年2月25日　初版第1刷発行

著　者　SEA ©SEA 2019

発行人　松島滋
イラスト　宮村
デザイン　齋藤知恵子
DTP　朝日メディアインターナショナル株式会社
編集　相川有希子　酒井久美子
発行所　スターツ出版株式会社
〒104-0031
東京都中央区京橋1-3-1 八重洲口大栄ビル7F
出版マーケティンググループTEL 03-6202-0386
（ご注文等に関するお問い合わせ）
https://starts-pub.jp/

印刷所　共同印刷株式会社
Printed in Japan

ISBN 978-4-8137-0632-8　C0193

恋するキミのそばに。

野いちご文庫人気の既刊！

『空色涙』

岩長《いわなが》咲《さく》耶《や》・著

中学時代、大好きだった恋人・大樹を心臓病で亡くした佳那。大樹と佳那はいつも一緒で、結婚の約束までしていた。ひとりぼっちになった佳那は、高校に入ってからも心を閉ざしたまま過ごしていたが、あるとき闇の中で温かい光を見つけ始めて…。前に進む勇気をくれる、絶対号泣の感動ストーリー。

ISBN978-4-8137-0592-5　定価：本体600円＋税

『君が泣いたら、俺が守ってあげるから。』

ゆいっと・著

亡き兄の志望校を受験した美紗は、受験当日に思わず泣いてしまい、見知らぬ生徒にハンカチを借りた。無事入学した高校で、イケメンだけどちょっと不愛想な凜太朗と隣の席になる。いつも美紗に優しくしてくれる彼が、実はあの日にハンカチを貸してくれたとわかるけど、そこには秘密があって…？

ISBN978-4-8137-0572-7　定価：本体610円＋税

『好きになっちゃダメなのに。』

日《ひ》生《なせ》春《はる》歌《か》・著

引っ込み思案な高校生、明李は、イケメンで人気者だけど、怖くて苦手な速水の失恋現場に遭遇。なぜか彼の恋の相談に乗ることになってしまった。速水は、目立たないけれど自分のために一生懸命になってくれる明李のことがだんだん気になって…。すれ違うふたりの気持ちのゆくえは？

ISBN978-4-8137-0573-4　定価：本体600円＋税

『恋の音が聴こえたら、きみに好きって伝えるね。』

涙《るい》鳴《な》・著

友達付き合いが下手な高校生の小鳥は、人気者で毒舌な虎白が苦手。学校にも居心地の悪さを感じていたが、チャットアプリで知り合った“パンダさん”のアドバイスから、不器用な虎白の優しさを知る。彼の作る音楽にも触れて心を開くなか、“パンダさん”の正体に気づくけど、虎白が突然、姿を消し…!?

ISBN978-4-8137-0574-1　定価：本体590円＋税

書店店頭にご希望の本がない場合は、書店にてご注文いただけます。

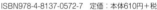

ケータイ小説文庫　好評の既刊

『俺が愛してやるよ。』SEA《シー》・著

複雑な家庭環境や学校での嫌がらせ…。家にも学校にも居場所がない高2の結実は、街をさまよっているところを暴走族の少年・統牙に助けられ、2人は一緒に暮らしはじめる。やがて2人は付き合いはじめ、ラブラブな毎日を過ごすはずが、統牙と敵対するチームに結実も狙われるようになり…。

ISBN978-4-8137-0495-9
定価:本体570円+税

ピンクレーベル

『俺様王子とKissから始めます。』SEA《シー》・著

高2の莉乙は、「イケメン俺様王子」の翼に片思い中。自分の存在をアピールするため莉乙は翼を呼び出すけど、勢い余って自分からキス！　これをきっかけに莉乙は翼に弱味を握られ振り回されるようになるが、2人は距離を縮めていく。だけど翼には好きな人がいて…。キスから始まる恋の行方は⁉

ISBN978-4-8137-0289-4
定価:本体590円+税

ピンクレーベル

『月がキレイな夜に、きみの一番星になりたい。』涙鳴《るいな》・著

蕾は無痛症を患い、心配性な親から行動を制限されていた。もっと高校生らしく遊びたい——そんな自由への憧れは誰にも言えないでいた蕾。ある晩、バルコニーに傷だらけの男子・夜斗が現れる。暴走族のメンバーだと言う彼は『お前の願いを叶えたい』と、蕾を外の世界に連れ出してくれて…？

ISBN978-4-8137-0630-4
定価：本体540円+税

ブルーレーベル

『キミに捧ぐ愛』miNato《ミナト》・著

美少女の結愛はその容姿のせいで女子から妬まれ、孤独な日々を過ごしていた。心の支えだった彼氏も浮気をしていると知り、絶望していたとき、街でヒロトに出会う。自分のことを『欠陥人間』と言う彼に、結愛と似たものを感じ惹かれていく。そんな中、結愛は隠されていた家族の秘密を知り…。

ISBN978-4-8137-0614-4
定価:本体590円+税

ブルーレーベル